卓尔文库·大家文丛

寻找溪水的源头

汤一介——著

海天出版社（中国·深圳）

图书在版编目（CIP）数据

寻找溪水的源头 / 汤一介著 . — 深圳：海天出版社，2016.9
（卓尔文库·大家文丛）
ISBN 978-7-5507-1749-7

I. ①寻… II. ①汤… III. ①随笔－作品集－中国－当代 IV. ① I267.1

中国版本图书馆 CIP 数据核字 (2016) 第 202369 号

寻找溪水的源头
XUNZHAO XISHUI DE YUANTOU

出 版 人：聂雄前
出 品 人：刘明清
责任编辑：韩慧强　王媛媛
责任印制：李冬梅
封面题签：王之镲
装帧设计：浪波湾工作室

出版发行：海天出版社
地　　址：深圳市彩田南路海天综合大厦（518033）
经　　销：全国新华书店
印　　刷：北京新华印刷有限公司
开　　本：787 毫米 ×1092 毫米　1/32
字　　数：121 千字
印　　张：6.25
版　　次：2016 年 9 月第 1 版第 1 次印刷
定　　价：68.00 元

策　　划： 大道行思文化传媒有限公司
地　　址：北京市海海淀区蓝靛厂南路 55 号金威大厦 707—708 室（100097）
电　　话：编辑部（010-51505219）　　发行部（010-51505079）
网　　址：www.ompbj.com　　　　　　邮箱：ompbj@ompbj.com
新浪微博：@大道行思传媒　　　　　微信：大道行思传媒（ID：ompbj01）

目　录

自　序

　　白天，我或者写我的学术论文，或者构思一本打算写的著作，或者为讲课写一份必要的提纲，或者参加某个会议，或者接待来访，或者处理一些杂事，空闲的时间是很难有的。但当我忙碌了一天，每天晚上我常常喜欢放松一下，就打开录音机或者CD听听音乐。我喜欢听的是西方古典轻音乐，特别是小提琴演奏的小夜曲。在这种时候，我感到的是一种非常美妙的享受。但往往在听着听着的时候，我脑中会忽现一个又一个的遐想：想着我的青少年时代，想着我的父母和子女，想着培养我的大学，想着我阅读报刊时的感受，等等。时已深夜，静静的深夜，再无什么打扰了，只有音乐的旋律使我悠然自得。这样深夜一盏灯的时刻，常常会唤醒我将要入睡的意识，或者是可笑的，或者是思念的，或者是快乐的，或者是痛苦的，或者是愤怒的，或者是自责的，或者是感慨的，或者是感到羞耻的片断画面。这时，也许有点灵感，在深夜一盏灯下放好几张纸，提笔记下这些随想，在音乐声中为自己留下点滴痕迹。但近几年来，由于进入耄耋的老年，在睡觉前仍然保留着听音乐的习惯，但自由的遐想渐渐离我远去，思想不再那么活跃，在朦胧的睡意中，舒伯特的《圣母颂》引导我入睡了。

汤一介

2012 年 11 月 24 日

辑一

读祖父雨三公文

　　我的祖父汤霖，字崇道，号雨三。据《汤氏宗谱·仕宦志》记载："霖，字雨三，庚寅（1890）进士，甘肃即用知县，历任渭源、碾伯、宁朔、平番等知县，加同知衔，历序丁酉（1897）、壬寅（1902）、癸卯（1903）等科甘肃乡试同考官。"又据刘尊贤《清末甘肃省优级师范学堂》（刊于《甘肃文史资料选辑》第十七辑）中记载："甘肃省优级师范学堂设立于光绪三十二年（1906）三月……监督为湖北人陈曾佑（翰林出身，时任甘肃提学使），教务长为甘肃人张林焱（翰林出身，曾官任翰林院检讨），庶务长为湖北人汤霖（进士）和山东人郁华（举人）。"

　　我祖父在我出生前十三年就去世了，我没看到过他的画像或照片。关于他的简单经历，在前面已经写了，归纳起来可说者：一是他以进士而出任过几任县官和乡试同考官；二是他晚年以授徒为业，教出不少学生。据父亲说，祖父喜汉《易》，但我没有找到他写的有关汉《易》的片言只字，不过在《汤氏宗谱》中收录了他的诗五首，文五篇，联语一。其中还有他的学生赞其师的诗两首。祖父的诗文大多是为应酬写的，但其中有一篇是为学生们祝贺他六十岁生日而画的一幅《颐园老人生日谶游图》写的《自序》，约五百字。它可以说是祖父留下的一篇最有价值之短文，它不仅表现了祖父为人为学之要旨，而且可以看出他对时局变迁的态度，现录全文于下：

右图为门人固原吴本钧所绘。盖余生于道光庚戌岁，至今年辛亥，岁星之周，复逾一岁。门人之宦京者、从儿辈，将于余生日置酒为寿，余力尼之。陈生时隽谓余："先生恒言京师尰龊不可居，行将归隐，嗣后安能如长安辐辏，尝集处耶？京西旧三贝子花园，今改农事试验场，于先生生日为长日之游，湔世俗繁缛之仪文，留师友追陪之嘉话，不亦可乎？"余无以却之，乃于六月十三日为游园会。游既毕，吴生追作此图。

余维人生世间，如白驹过隙，寿之修短，夫何足言！但受中生而为人，又首四民而为士，有所责不可逃也，有所事不可废也。余自念六十年来，始则困于举业，终乃劳于吏事，盖自胜衣以后，迄无一息之安，诸生倡为斯游，将以娱乐我乎？余又内惭，穷年矻矻，学不足以成名，宦不足以立业，虽逾中寿，宁足欣乎？虽然，事不避难，义不逃责，素位而行，随遇而安，固吾人立身行己之大要也。时势迁流，今后变幻不可测，要当静以应之，徐以俟之，毋戚戚于功名，毋孜孜于娱乐。然则兹游也，固可收旧学商量之益，兼留为他日请念之券。抑余身离国都，前所愿诏示诸生者，盖尽于此。

是役同游者：固原吴本钧，印江陈时隽，南昌黄云冕，德化徐安石，湖口刘太梅，乐安秦锡铭，蕲州童德禧，黟县舒孝先、舒龙章，同里邢骐、石山偶，外甥赵一鹤，婿项彦端，及儿子用彬、用彤，外孙邢文源、又源，孙一清、孙女一贞等，都二十余人。

宣统三年六月廿五日颐园老人汤霖记。

这篇《自序》是写在祖父将离京回乡之宣统三年六月，即是 10 月 10 日武昌起义之年，次年民国建立，清廷倾覆，正如祖父所预测"时势迁流，今后变幻不可测"之时也。在《与连方伯书》中说："京师尘俗，时局奇变，抉伍胥之目不可以五稔化苌弘之血，奚待于三祀，投老穷居不与人事宁可自投浊流乎！"这说明祖父已看到局势将起大变化，而清廷已无有挽救之可能，正像他时常吟诵《哀江南》中所说，"眼看他起朱楼，眼看他宴宾客，眼看他楼塌了"的情形。而祖父要求其子弟"当静以应之，徐以俟之"，"毋戚戚于功名，毋孜孜于娱乐"。这就是说，在当时的情况下应静观时局之变化，在看清形势后再决定出处；不要去急急忙忙地追求功名利禄或自弃于逸乐，当以修德进学而为要旨。

我的祖父虽做过清朝的几任小官，但均在边远地区，地贫瘠而民艰苦。祖父为官清廉，遵循曾祖母之教训，据《莘夫赠公墓表》中说：祖父的母亲徐太宜"性严肃，寡言笑，居家俭朴，事舅姑以孝，御下以恕。勖儿子居官以清、以慎、以勤"。时朝廷之《制诰》亦谓："徐氏通同知衔甘肃碾伯县知县汤霖之母，淑慎其仪，柔嘉维则，宣训词于朝夕，不忘育子之勤"云云。我想，很可能是由于曾祖父母对祖父要求甚严，故祖父为官不敢不清廉也。自丁酉（1897）年后祖父主要是担任临时性的甘肃省乡试考官，而癸卯（1903）年之后则以"教书授徒"为业。在《谯游图》中列举参加者"固原吴本钧，印江陈时隽"等九人，想来他的学生当不止仅此九人也。十八年后陈时隽再览阅此《谯游图》时，有一长段题词，其中说道："师孳孳弗倦，日举中外学术治术源流变迁兴失，古君子隐居行义进退，不失其正之故，指诲阐明，悉至尽"云云。可见祖父也是一位教书匠，但他却也不是只教中国古书的"冬烘先生"，而亦注意当时思想潮流之变化，故在教学中常举"中外学术治术源流变迁兴失"告之。我父亲在十五岁以前是随祖父受学，而在1908年即入当时之新式顺天学堂，后于1911年入清华留学预备学校，这当然也是祖父之主张，至少是得到祖父同意的。由此也可见祖父学术之路向。在此《谯游图》后面还有湘潭杨昭隽的题词说到"师生之谊"，江宁吴廷燮的题词中有"九夏师资，群伦效则"之语。这就是说，祖父教学授徒的时间当在九年以上。

在父亲《汉魏两晋南北朝佛教史》的"跋"中说："彤幼承

庭训，早览乙部。先父雨三公教人，虽谆谆于立身行己之大端，而启发愚蒙，则常述前言往行以相告诫。"可知父亲有关中国历史之兴衰更替受教于祖父，而父亲之为人处世更是深受祖父之影响，在《谯游图·自序》中他说自己的立身行事"事不避难，义不逃责，素位而行，随遇而安，固吾人立身行己之大要也"。陈时隽题字中说其师尝以"古君子隐居行义、进退不失其正之故，指诲阐明"可以佐证。我想，祖父为什么常吟诵《哀江南》和《哀江南赋》，是看到清王朝大势已去，而此对读书人说"立身行己"实是最为重要之问题。《哀江南》是描述南明亡国时南京破败之情形，"村郭萧条，城对着夕阳道。野火频烧，护墓长楸多半焦……"句句道出了南京当时覆亡景象。庾信《哀江南赋》写的是内心丧国之痛。庾信为南方大族，原仕梁，后被派往北魏问聘，而魏帝留不使归，后江陵陷落，只得在北魏做官。《赋》的序中"大盗移国，金陵瓦解，余乃窜身荒谷，公私涂炭，华阳奔命，有去无归"等等。"宣统三年六月"，北京经八国联军之烧杀，残败之象毕露，其时正是清王朝将亡未亡之前夕，我祖父其时还在北京，他极思回乡终老，而尚不知何时得归田园居，其心情之痛苦可想而知。父亲用彤先生也常吟诵《哀江南》和《哀江南赋》，我记得在抗日战争期间和抗战胜利后大打内战之时，几乎每天都可以听到他在无事之时用湖北乡音吟诵《哀江南》。其时也正处在"时势迁流，今后变幻不可测"之际，像我父亲这样的知识分子所具有的"忧患意识"大概深深地根植于其灵魂之中吧!

　　我祖父大概是一位淡泊于功名利禄且不甚喜游乐的读书人,因此在他与弟子、子孙游园时仍谆谆教诲诸随者"毋戚戚于功名,毋孜孜于娱乐",并且祖父把这次他与学生们的游园作为"可收旧学商量之益,兼留为他日请念之券"的一次机会。祖父毕竟仍是一中国旧式的"士",是一位有功名的"进士",故仍然希望于国于民,立功立言,而扬名于世,所以在其序中说:"余维人生世间,如白驹过隙,寿之修短,夫何足言!但受中生而为人,又首四民而为士,有所责不可逃也,有所事不可废也。"故虽"事不避难,义不逃责",但仍以"学不足以成名,宦不足以立业"为憾。我想,我父亲在"毋戚戚于功名,毋孜孜于娱乐"这点上或颇受祖父之影响。除了这卷《颐园老人生日讌游图》之外,我再没找到任何一件祖父留下来的东西,而父亲如此珍藏此图,又把它交给了我,大概正是因为父亲参加了这次游园,并且深深记住了"毋戚戚于功名,毋孜孜于娱乐"吧!祖父于此次游园后不久,就南归故里。在他《给连方伯书》中说:"某久宦无成,辄思归老,会适所愿,得遂初服,至慰至慰","家有薄田五十,扶桑三百,采菊东篱,则南山在前,送客虎溪,则佳宾时过,拟于明仲初秋言归旧里,绝拘束之种种,返合疏之嚚嚚"。这封信已见其归心之切。在他回到黄梅孔垅镇汤家大墩后作了副对联,题为《六十自寿联》:

双寿一百廿二年，挑灯课子含饴弄孙，

且喜磊落英多，家庆国恩膺厚福。

同行十万八千里，揽辔登车束装倚马，

相与殷勤慰藉，海阔天空快状游。

据《谳游图·自序》，是年祖父六十一岁，得摆脱京城之各种困扰，而得以归故里，"挑灯课子含饴弄孙"（按：一清为祖父长孙，一贞为长孙女），虽然京城离家乡黄梅路途遥远，有乘车倚马之劳，但一家"相与慰藉"，一路海阔天空无忧无虑地悠游而行，这岂不是喜得的"厚福"吗？但祖父归乡未久而病逝，享年六十三岁。

我的父亲汤用彤

　　我父亲汤用彤先生生前最喜欢用他那湖北乡音吟诵《桃花扇》中的《哀江南》和庾信的《哀江南赋》。我记得我的祖母曾经对我说，我祖父汤霖就最喜欢吟诵《哀江南》和《哀江南赋》。我祖父是光绪十六年（1890）的进士，于光绪二十年（1894）在甘肃任职知县，我父亲就生在甘肃。据我祖母说，我父亲小时候很少说话，祖父母都以为他不大聪明。可是，在父亲三岁多时，有一天他一个人坐在门槛上，从头到尾学着我祖父的腔调吟诵着《哀江南》。我祖父母偷偷地站在后面一直听着，不禁大吃一惊。我父亲最喜欢我妹妹汤一平（可惜她十五岁时在昆明病逝了）。我记得，我们小时候得睡午觉，父亲总是拍着我妹妹吟诵《哀江南》。我听多了，大概在六七岁时也可以背诵得差不多了，当然我当时并不懂它的意义。今天我还会用湖北乡音吟诵这首《哀江南》。《哀江南》是说南明亡国时南京的情况，其中有几句给我印象最深，这就是"眼看他起朱楼，眼看他宴宾客，眼看他楼塌了"，历史大概真的就是如此。我想，我祖父和父亲之所以爱读《哀江南》，是因为他们都生在中国国势日衰的混乱时期，为抒发胸中之郁闷的表现吧！我对我祖父了解很少，因为他在我出生前十三年就去世了。据我父亲说祖父喜汉《易》，但没有留下什么著作。现在我只保存了一幅《颐园老人生日讌游图》，此长卷中除绘有当日万牲园之图景外，尚有我祖父题的《自序》和他的学生祝他六十岁生日的若干贺词。从祖父的《自序》中，我们可以看到他当时伤时忧国之情和立身处世之大端。《自序》长五百余字，现录其中一段于下：

余自念六十年来，始则困于举业，终乃劳于吏事……虽然，事不避难，义不逃责，素位而行，随遇而安，固吾人立身行己之大要也。时势迁流，今后变幻不可测，要当静以应之，徐以俟之，毋戚戚于功名，毋孜孜于娱乐。然则兹游也，固可收旧学商量之益，兼留为他日请念之券。

此次游园，我父亲也同去了。这幅《颐园老人生日讌游图》大概是我父亲留下的祖父唯一的遗物了，图后有诸多名人题词，有的是当时题写的，有的是事后题写的。在事后题写的题词中有欧阳渐和柳诒徵的，辞意甚佳。

1942年我在昆明西南联大附中读书时，在国文课中有些唐宋诗词，我也喜欢背诵。一日，父亲吟诵庾信《哀江南赋》，并从《全上古三代秦汉三国六朝文》中找出这赋，说也可以读一读。我读后，并不了解其中意义，他也没有向我说读此赋的意义。1944 年，我在重庆南开读高中，再读此赋，则稍有领会。这首赋讲到庾信丧国之痛。庾信原仕梁，被派往北魏问聘，而魏帝留不使返，后江陵陷，而只得在魏做官，序中有"金陵瓦解，余乃窜身荒谷，公私涂炭，华阳奔命，有去无归"等等，又是一曲《哀江南》。由赋中领悟到，我父亲要告诉我的是，一个诗书之家应有其"家风"。因在《哀江南赋》的序中特别强调的是这一点，如说："潘岳之文彩，始述家风；陆机之辞赋，先陈世德"云云。近年再读祖父之《谯游图》中之题词，始知我父亲一生确深受我祖父之影响。而我读此题词则颇为感慨，由于时代之故我自己已无法继承此种"家风"，而我的孩子们又都远去美国落户，孙子和外孙女都出生于美国了。我父亲留学美国，五年而归，我儿子已去十年，则"有去无回"，此谁之过欤！得问苍天。不过我的儿子汤双博士（一笑）也会吟诵《哀江南》，四岁多的孙子汤柏地也能哼上几句。但吟诵《哀江南》对他们来说大概已成为无意义的音乐了。我想，他们或许会全无我祖父和父亲吟诵时的心情，和我读时的心情也大不相同了。俗谓"富不过三代，穷不过三代"，大概传"家风"也不会过三代吧！

1993 年是我父亲诞辰一百周年，我虽无力传"家风"，但为纪念父亲之故，谈谈我父亲的"为人"也是一种怀念吧！

在我祖父的题词中，我以为给我父亲影响最大的是："事不避难，义不逃责，素位而行，随遇而安"，"毋戚戚于功名，毋孜孜于娱乐"。

父亲一生淡泊于名利，在新中国成立前他一直是教书，虽任北京大学哲学系主任、文学院院长多年，他都淡然处之。平时他主要管两件事：一是"聘教授"。季羡林先生对现在我国这种评职称的办法颇不满，他多次向人说："过去用彤先生掌文学院，聘教授，他提出来就决定了，无人有异议。"盖因用彤先生秉公行事，无私心故不会有人不满。二是学生选课，他总是要看每个学生的选课单，指导学生选课，然后签字。故他的学生郑昕先生于1956年接任北大哲学系主任时说："汤先生任系主任时行无为而治，我希望能做到有为而不乱。"现在看来，"无为"比"有为"确实高明，自1957年后北大哲学系的情况就完全不同了。

1945年胡适接任北大校长后，有一阶段他留美未归；西南联大三校分家，北大复员回北京，事多且杂，时傅斯年先生代管北大校政，他又长期在重庆，因此我父亲常受托于傅先生处理复员事务，自是困难重重，他只得以"事不避难，义不逃责"来为北大复员尽力了。后胡适到北京掌北大，但他有事常去南京，也常托我父亲代他管管北大事，而父亲也就是帮他做做而已。

1946年，"中央研究院"历史语言研究所在北京东厂胡同一号成立了一个"驻北京办事处"，傅斯年请我父亲兼任办事处主任，并每月送薪金若干，父亲全数退回说："我已在北大拿钱，不能再拿另一份。"而他对办事处的日常事务很少过问，由秘书处理。记得1955年中华书局重印他的《汉魏两晋南北朝佛教史》时所给稿费较低，而他自己根本也不知当时稿费标准，对此也无所谓，后他的学生向达得知，看不过去，向中华书局提出意见，中华书局给予高稿酬。这又使我想起，1944 年当时的教育部授予我父亲那本《汉魏两晋南北朝佛教史》最高奖，他得到这消息后，很不高兴，对朋友们说："多少年来一向是我给学生分数，我要谁给我的书评奖！"我父亲对金钱全不放在心上，但他对他的学问颇有自信。1949 年后，我家在北京小石作的房子被征用，政府付给了八千元，我母亲颇不高兴，但我父亲却说："北大给我们房子住就行了，要那么多房子有什么用。"

1949 年后，父亲任北京大学校委会主席（当时无校长）主管北大工作，但因他在新中国成立前不是"民主人士"，也不过问政治，实是有职无权，此事可从许德珩为纪念北大成立九十周年刊于《北京大学学报》中的文章看出。1951 年下半年他改任副校长，让他分管基建，这当然是他完全不懂的，而他也无怨言，常常拄着拐杖去工地转转。我想，当时北大对他的安排是完全错误的，没有用其所长，反而用其所短，这大概也不是我父亲一人的遭遇，很多知识分子可能都有这样的问题。

钱穆在他的《忆锡予》（我父亲字锡予）一文中说："锡予之奉长慈幼，家庭雍睦，饮食起居，进退作息，固俨然一纯儒之典型"，"孟子曰：'柳下惠之和'，锡予殆其人，交其人亦难知其学，斯诚柳下之流矣"[1]。确如钱穆伯父所言，父亲治学之谨严世

1　钱穆：《燕园论学集》，24—25 页，北京，北京大学出版社，1984。

或少见，故其《汉魏两晋南北朝佛教史》之作已成为研究中国佛教史的经典性著作。贺麟在《五十年来的中国哲学》中所说："汤先生……所著的《汉魏两晋南北朝佛教史》一书，材料的丰富，方法的谨严，考证方面的新发现，义理方面的新解释，均胜过别人。"胡适在看此书稿时曾在日记中记有："读汤锡予的《汉魏两晋南北朝佛教史》稿本第一册。全日为他校阅。此书极好。锡予与陈寅恪两君为今日治此学最勤的，又最有成绩的。锡予的训练极精，工具也好，方法又细密，故此书为最权威之作。"（《胡适日记》，1937年1月17日）其治"魏晋玄学"实为此学开辟了新的道路，至今学者大多仍沿着他研究的路子而继续研究。父亲做学问非常严肃、认真，不趋时不守旧，时创新意，对自己认定的学术见解是颇坚持的。但与朋友相聚论政、论学，他常默然，不喜参与争论。故我父亲与当时学者大都相处很好，无门户之见，钱穆与傅斯年有隙，而我父亲为两人之好友；熊十力与吕澂佛学意见相左，但均为我父亲的相知友好；我父亲为"学衡"成员，而又和胡适相处颇善，如此等等。据吴宓伯父原夫人陈心一伯母说："当时朋友们给锡予起了一个绰号叫'汤菩萨'。"陈心一伯母九十九岁，住吴学昭处。我想，这正如钱穆伯父所说，我父亲"为人一团和气"，是"圣之和"者，而非"圣之时""圣之任"者也。

我父亲虽有家学之传，并留学美国，但他平日除读书、写作外，几乎无其他嗜好。他于琴棋书画全不通，不听京戏，不喜饮酒，只抽不贵的香烟；他也不听西洋音乐，也不看电影，更不会跳舞，在昆明时常与金岳霖先生交换着看英文侦探小说，偶尔我父母与闻一多伯父母打打麻将，或者带我们去散散步，在田间走走。我父亲的生活非常节俭，从不挑吃，常常穿着一件布大褂、一双布鞋，提着我母亲为他做的布书包去上课。1954年他生病后，每天早上一杯牛奶，一片烤馒头片，放上一点加糖的黑芝麻粉，他就满足了。有一次，我姑母没看清，把茶叶末当成黑芝麻放在馒头片上，他也照样吃下去，似乎并不觉得有什么异样。

我父亲一生确实遵照我祖父的教训："素位而行，随遇而安"，"毋戚戚于功名，毋孜孜于娱乐"。我想，像我父亲生在国家危难之时，多变之际，实如钱穆伯父所说是"一纯儒之典型"。从父亲的《汉魏两晋南北朝佛教史》的"跋"中我们不仅可以看到他继家风、为人为学、立身行事之大端，且可看出他忧国忧民之胸怀，现录"跋"中一段于下：

> 彤幼承庭训，早览乙部。先父雨三公教人，虽谆谆于立身行己之大端，而启发愚蒙，则常述前言往行以相告诫。彤稍长，寄心于玄远之学，居恒爱读内典。顾亦颇喜疏寻往古思想之脉络，宗派之变迁。十余年来，教学南北，尝以中国佛教史授学者。讲义积年，汇成卷帙。自知于佛法默应体会，有志未逮。语文史地，所知甚少。故陈述肤浅，

详略失序，百无一当。唯今值国难，戎马生郊。乃以一部，勉付梓人。非谓考据之学，可济时艰。然敝帚自珍，愿以多年研究所得，作一结束。唯冀他日国势昌隆，海内乂安。学者由读此编，而于中国佛教史继续述作。俾古圣先贤伟大之人格思想，终得光辉于世，则拙作不为无小补矣。

这篇"跋"写于1938年元旦，正值抗日战争开始之时。从那时到现在已经五十五年了，我父亲去世也已二十九年了。我作为他的儿子和学生虽也有志于中国哲学史之研究，但学识、功力与我父亲相差之远不可以道里计；于立身行事上，也颇有愧于"家风"。但我尚有自知之明，已从几十年的风风雨雨中吸取了不少教训，对祖父的教导或稍有体会，当以此自勉也。

父亲给我的三封信

　　父亲给我的三封信早已不存在了，可是在我的记忆中它们是永远存在的。我父亲于1964年去世，这年我已是三十七岁了。在三十七年中，只有四年我没有和我父亲生活在一起。1937年8月至1940年2月我父亲因卢沟桥事变经长沙到昆明去了，我和母亲仍然留在北平约有两年半没有和父亲在一起，那时我还小，父亲没有给我写过信，只是在给我母亲的信中，问问我和弟妹的情况。1943年夏，我由昆明去重庆南开中学读书，1945年1月我又回到昆明，这中间大约有一年半的时间我没有和父亲生活在一起，就是在这一年半中父亲给我写了三封信，只有三封信。

　　在谈这三封信之前，要交代一下我为什么要到重庆南开去念书。1941年夏，我进入联大附中，1942年我读初二，我和几个同学对当时的童子军教官专制作风很不满意，加之我们偷偷读了斯诺的《西行漫记》，对陕北颇为向往。于是我们五个人：我、余绳荪（余冠英的儿子）、游宝谟（游国恩的儿子）、曾宪洛（曾昭抡的侄子）、胡旭东，决定去延安看看。我们没有路费，就分别偷了家里的金子，卖了作为路费。我们由昆明先到贵阳，准备由贵阳去重庆，再去西安，由西安去延安。到贵阳，我们住在一小旅馆里，吃过晚饭，刚准备睡觉，忽然来了几条大汉，说要我们到贵阳警备司令部去一趟。到那后，就把我们几个人关在警备司令部的侦缉队内的小房间里。这就是说，我们被捕了。特别让我们担心的是，我们还带了一本《西行漫记》，因而感到会有很大麻烦。不记得是谁忽然发现，屋子的地板有缝，我们感到有救了，于是把书撕了，一张一张由地板缝塞了下去。我们又共同编了一套谎话，说是我们要去重庆念书，并且各自还找到一两位在重庆的亲友作为护身符。第二天警备司令部的参谋长找我们一个一个谈话，警告我们不要听信什么谣言，对带领我们的余绳荪还加以恐吓说："不要以为不会把你枪毙。"我们几个一口咬定，都说对联大附中不满，要换个学校，到重庆念书。对我们的问话没有问出什么来，就把我们关在侦缉队旁边那间小房子里。关了大约一周，联大附中派教务长魏泽馨来接我们回昆明。警备司令部还派了人随同押送。回到昆明，父亲并没有责骂我，反而把我们几个出走的孩子的家长给联大附中校长黄钰生（也是西南联大教育学院院长）的信给我看，信中对联大附中的教育进行了批评。这样我们都不愿再回附中读书了。正好我有一位堂姐汤一雯在重庆南开中学教书，于是我就决定去南开中学了。那时由昆明去重庆的机票非常难买，而我这样一个十五岁的孩子买到机票就更是难上加难，我父亲带着我跑了好几趟航空公司也无结果。这时我真有点心疼我父亲，父亲由于撰写《汉魏两晋南北朝佛教史》，自 1931 年至 1937 年几乎每晚到一两点才睡觉，这对他的身体有很大影响，他不仅患有高血压病，而且心脏也很不好。由我们住的青云街到南屏街航空公司所在地要走半个多小时，有时还要跑到飞机场去，那就得一个多小时了。后来实在无法，父亲只得去找毛子水教授帮忙，因为据说毛先生曾是军统头子戴笠的老师。这样我才得到了一张去重庆的机票。我在重庆南开中学读了一年半，于 1945 年 1 月又回到昆明了。这期间父亲一共只给我写了三封信，而母亲给我的信更多一些。

我从来没有离开过家，不知道生活的艰难，特别是在抗战时期生活更加艰难。在南开所有的学生都住校，吃集体伙食，菜很少，大概我们吃完第一碗饭，菜就没有了。有些同学家在重庆，往往带点私菜，或者带点加盐的猪油来拌饭吃，而我则没有这种可能。因此，我就写了封信抱怨生活太苦。父亲给我回了一封信，他说：抗战期间大家生活都苦，不应该对此有什么抱怨。并且说，他在读清华时，由于祖母不给他车费，每星期六回家要走几十里路，并没有抱怨。他还把杜甫的《茅屋为秋风所破歌》抄给我，并且说：前方战士流血牺牲，这样你才能在后方读书。一个有理想、有抱负的人应该多想想比你更困难的人，要像杜甫那样，在艰难的生活中，他想到的是大庇天下寒士。父亲的信虽是这样写的，但他同时又多寄了一点钱给我堂姐，让她买点猪油给我拌饭。后来我知道，这期间我们家正是困难时期，本来父亲的薪水就不够用，加上我妹妹患了肾炎，治病要花不少钱，而我母亲由北平带到昆明的衣物和首饰渐渐都卖光了。父亲的信和他的所作所为，对我一生都有着深刻的影响。每当我想起他的这封信和他让堂姐给我买猪油，我都不能平静，感谢父亲对我的爱和关怀。我比起父亲来在学术上没有他那么大成就，但我不敢苟且偷安，总是希望能对得起他，做一点有益于社会的事。

我的大妹汤一平患肾炎不治而离开了人世，她那时只有十四岁。起初，我父母都没告诉我，是后来从我堂姐那里知道的。我有两个妹妹，小妹早在北平时就因患痢疾去世了。大妹是我父亲最喜欢的孩子，她和我只相差一岁半，感情也最好，在我写的《生死》（上海，上海文化出版社，2000）中记述了大妹的死。当我知道了大妹病死后，写了一封给我父母，述说我的哀恸，"死"究竟是怎么一回事。父亲给我回了一封只有二三百字的信，信中引了孔子的话："未知生，焉知死"，并且说："对于生死、富贵等不是人应去追求的，学问和道德才是人应该追求的。"他要我好好读书，注意身体。从父亲这封短信看，他确如钱穆先生所说，是一"纯儒"。又近读《吴宓日记》，其中也记有父亲在一次演讲中说"儒家思想为中国文化之精神所在"。孔子说："五十而知天命。"父亲正好五十岁，是否"知天命"了，我不敢说，但他要求我做一个有学问和道德的人，这无疑是儒家对做人的要求。而我在五十岁时（1977年）才像孔子十五岁那样始"有志于学"吧？大概到我六十岁（1987年）时也才如孔子四十岁时那样进入"不惑"之年。父亲立身行事所依据的儒家思想多多少少在我身上有所体现。

重庆南开中学无疑是当时大后方最好的中学，我能进入那儿上学当然是得力于我的堂姐在那儿教书，当然也和我父亲于1927年至1928年在南开大学教过书有关。我在联大附中只读到初二，没有读初三，而到南开直接进入高一，功课的压力自然很大。开始我还可以勉强跟上，可越来越感到困难，因而对学下去的信心动摇了。于是我写信给父亲说我不想学了，想回昆明。父亲写了一封长信给我，他说，读书、求学就像爬山一样，开始比较容易，越往上越困难，这就看你是否能坚持，只有有志气的人才能爬上去。爬得越高，看得越远，眼界越开阔。他还举出一些古今学人坚持为学的例子来鼓励我。父亲的这番话，不仅使我坚持在南开学下去，而且对我一生有着不可估量的影响。我虽无大成就，但总力求日进，而有所贡献。重庆南开确实造就了不少人才，我所在的四六、四七两级，现在是两院院士的就有十余人，有些在国外也都有成就。前几年，为帮助重庆南开恢复抗战时期的光辉，南开校友会组织了一个"顾问团"，其成员大都是两院院士，而人文学科的顾问只有我一个。这大概是和父亲对我的鼓励和教导分不开的吧！

记我的母亲

在我看来，我的母亲无疑是一位伟大的女性，是中国母亲的典型代表。我父亲到美国留学四五年，她带着我哥哥一雄和姐姐一梅留在北平。当时，我们家是个大家庭，由我祖母当家，每月只给我母亲少量的零用钱，所以母亲得常由黎姨妈接济，这当然是相当困难的，我的姐姐就是在此期间病逝的。我母亲最伤心的事是，她生了六个孩子，却有四个是先她而死去。试想，母亲自己没有什么事业，而"相夫教子"是她最主要的责任。母亲对父亲的照顾应说无可挑剔，在这方面她大概没有憾事。然而孩子的早逝总像一块重石压在她身上。我记得，在宜良时，母亲和我谈起哥哥一雄，她说："一雄如在我身边，也许不会死。"她这是在自责，在思念，因为哥哥毕竟是她的大儿子。30年代，我们在北平时，哥哥参加了学生运动（据《北京大学校史》记载，哥哥是1938年在长沙与袁永熙一起参加中国共产党的），他喜欢照相，拍摄了许多"一二·九"运动时的照片。在当时，拍照片是很花钱的，因此他常常向我母亲要钱，母亲也总是满足他的要求，而我父亲对此颇有意见，他觉得我哥哥应该好好念书，其他事都是"不务正业"。但父亲也只是说说而已，从不与我母亲争辩。最能表现母亲的能力的，是她带着我们几个孩子由北平经上海至香港到海防，这一路是要经过日占区、法租界、英殖民地，又到日占区的海防，几千里，她都应付过去了。而且到香港后，她还有兴致带我们坐缆车游香港太平山。抗战期间，在云南，教授的生活越来越困难，薪水总是不够，有的教授以刻图章、写字补充家用，有的教授为其他学校兼课补充家用，而我父亲既不会刻图章，又不精书法，且又不去他校兼课。于是就靠我母亲设法支撑家用，先是卖由北平带去的首饰，后又卖带去的衣服。卖衣都是由母亲摆个地摊，和买主讨价还价，这种时候，我的大妹总是帮母亲守摊。1946 年暑假回到北京，这时我伯父因生活困难已将缎库胡同的房子卖了，搬到北海旁边的小石作胡同二号的一个院落。这个院子也有二十余间房，有三个院子，但年久失修，都是由我母亲雇人修理的。修理后成为一座不错的住宅。在云南，我们或是住在破尼姑庵中，或是租住在别人的破房子里。这回有了自己的房子、院子，母亲用力把它打扮了一番，房子都油漆一新。院子里种上了花木。我记得有一棵白丁香，开起花来真漂亮。1952 年 9 月 13 日，我和乐黛云结婚就是在这个院子举行的。可惜这个院子于 80 年代中以八千元为政府所收购，于此盖了一座楼。就是在这个院子里，还发生了一件值得说一说的事。1950 年，抗美援朝中，我报名参军，要求赴朝鲜前线，这时《新民晚报》记者访问我的母亲，他问："你能同意你的儿子上前线吗？"母亲回答说："别人的儿子上前线，我的儿子当然也应该上前线。"这时政府号召捐献买飞机，母亲就把她保存的金子捐献了。这些都是因为抗战胜利了，共产党把外国势力赶跑了，官吏们和老百姓一起同甘共苦，使得像我母亲这样的女性，爱国也不愿后人了。1952年暑假后，我们家由城里搬到西郊的北京大学（燕京大学的校址），住在燕南园五十八号。这时我在中共北京市委党校工作，地点在市内东城区的贡院西大街，只是到周末我才回燕园。而乐黛云留在北大，担任中文系的秘书和教员党支部的工作，因刚刚由城里迁到城外，加之正是院系调整时期，她的工作很繁忙，家务一切都由我母亲操持，我们回家就是吃饭，什么事也不用我们操心。1953年7月22日，我的女儿汤丹出生了。乐黛云是没有时间照顾汤丹的，我更没有时间了，女儿是由母亲亲手带大的，就是1957年12月24日我的儿子出生以后，也是由母亲照管的。特别是乐黛云在1958年2月被划为"右派"，我又常下乡去搞什么"大跃进"，在这困难时期，都是母亲帮我们渡过难关。在当时，如果一个家庭中有了个"右派"，对这个家庭来说必然会有个大变化，但是，我母亲对乐黛云依然如旧，没有半点表现出不满。在乐黛云下放"劳动改造"期间有假期回家，母亲总是准备丰盛的菜饭来给她以补养。这就是中国伟大的母性，难道几十年的"思想改造"运动不正是把人的自然本性都变成了"奴性"吗？幸好我母亲一直待在家里，甚少受"思想改造"之苦，因而她的"人性"比起经过改造的人保存得多一点，这是我们家的幸运。

由于父亲于 1964 年去世，这对我们家庭收入有很大影响，靠我和乐黛云以及我弟弟、弟媳的工资是维持不了家用的，这时还由政府每月给我母亲一百元生活补助，但到文化大革命开始后，母亲的生活补助被取消了，只得靠积蓄补足，但日久积蓄用完，生活就大不如前。母亲因父亲的去世，又加上我在文化大革命中成了"黑帮"，时常要挨批斗，母亲整日担惊受怕，不知会发生什么事情，因此大大影响了她的身体，自 1968 年起她就生病长期卧床。燕南园在北大校园内，它的南面就是学生宿舍群二十八楼至三十二楼。1967 年下半年，北大的红卫兵就分成了两派：以聂元梓为首的"新北大"和以牛辉林为首的"井冈山"，开始还只是辩论，互贴大字报，但后来发展成两派的武斗。我这个"黑帮"住在燕园很容易受到两派的注意，而且自 1966 年秋起，我们已经自动地退出几间房子，这样我们一家四口和我弟弟一家四口再加上我们的老母亲住在一起也比较挤了，于是我们一家四口于 1968 年初就搬到中关园的小平房中去了，这样我就可以远离武斗区，以期躲避灾难。而我弟弟一家四口和我母亲仍然留在燕南园，因为我弟弟和弟媳不是什么"黑帮"之类，所以没有什么"革命组织"找他们的麻烦。母亲的身体一天不如一天，而我们的工资很低，每月只能挤出二十元给母亲。实在无法，我们就开始卖父亲的藏书，先把《四部丛刊》卖给了南京大学，后又把父亲藏的外文书卖给了武汉大学，以渡过难关。母亲就这样卧病在床，后来神智也不大清醒了，有时认识人，有时也认不清人了，这样一直到 1980 年她离开了人世，离开了我们。

东厂胡同大院中的大孩子和小孩子

这两年，我两次去看在东厂胡同住过的那个大院。一次是在一个雨天，我和邓可蕴一起去的；另一次是约集在大院中住过的几位小朋友梁柏有、傅尚媛、邓可蕴一起去的。大院已破烂不堪，而我家住过的那几间房子，门窗俱无，只剩空架一个，看起来真是十分感慨。由于听说这大院将全部拆除，地卖给了香港某大老板盖大楼，这两次去我们都拍了若干张照片，以作纪念。

东厂胡同大院据说是黎元洪的总统府，或者说是黎总统的住宅。从1947年初到1950年初，我在那里住了近三年。但由于我在北大做学生，1947年至1948年底以前大部分时间住在学生宿舍里，真正住在大院的时间大概只有一年半，而这一年半在我一生中也是很难忘掉的了。当然不仅是大院本身，更为难忘的是那几位同住大院的小朋友。我那时是刚过二十岁的年轻人，也就是大孩子吧，而那几位小朋友只是十三四岁或十五六岁的小孩子，但我们却玩在一起。

东厂胡同大院中有一块大草地，还有假山、小土山、亭台楼阁，可以说应有尽有，树木很多，而我最喜欢的是白丁香和碧绿的竹子。我家住进去时，这大院已成为"中央研究院"历史语言研究所驻北平的办事处了。我家住的是大院最后一排房，房子在一个台子上面，除厨房和厕所外有五间，而我另住在台子下面与之并排的一间，西面就是傅尚媛家了。邓可蕴是著名历史学家邓广铭先生的女儿，他们家住的是大院最前面的一排房。梁柏有住在邓可蕴家东面偏北的一所房中，她是著名考古学家梁思永的女儿。有时我家的亲戚、在清华大学读书的万比先也来，住在我们家，因而他常常参加我们这一伙玩，也算是大院中的一个大孩子吧！

大院偏前中间有一用不规整的石头筑起的假石山，其上有一座大阁榭，四面是玻璃门窗，中央放一乒乓球台，我们常在里面一面打球，一面谈笑。很幸运，我还留有我们几个在这假石山上的照片，虽然照片有点模糊不清，但是还可以认出其中的人谁是谁。今年我们再去大院，这阁榭已不存在了，而我们几个人也都六七十岁了。

1948年冬围城期间，我们常在傅斯年住的那所大房子里玩，或者是打桥牌，一面打牌一面听唱片。我们几个人都喜欢听贝多芬、莫扎特、肖邦、柴可夫斯基、施特劳斯的东西。因为唱片不多，有的常常听很多次，像施特劳斯的《皇帝圆舞曲》《蓝色多瑙河》，肖邦的钢琴曲《月光》，柴可夫斯基的《悲怆》，莫扎特的《小夜曲》，贝多芬的第九交响乐中的大合唱，都是我们最喜欢听的。围城好像对我们没有什么影响，或者说正是因为围城，给了我们一段等待的时间，等待黎明。

　　1949 年夏日的晚上，有时我们躺在大草地上，看天上的星星。那时的星星很明亮，现在北京的夜晚是看不到那么明亮的星星了。星星照着我们，我们看着星星，我对邓可蕴说："邓可蕴，你能把天上的星星数清吗？"她看着星星没有回答，而是唱了一首小学时学的歌："夏夜繁星点点，散布蔚蓝空内，银光速下栏杆，入睡，美人入睡。"也或许是我给她唱的一首歌吧！夜黑黑，大院空荡荡，正是讲鬼故事的好时候，故事会使人们紧张、害怕，但这种气氛更引人呀！记不清我是不是给他们讲过从我母亲那里听来的一个"真故事"：我父亲 1922 年至 1924 年在南京东南大学教书时，有位王姓老教授病故。一日，王老教授的夫人坐在老先生的书房中，忽见老先生正坐在他的书桌旁，夫人并未觉诧异，片刻后听老先生说"生前总觉到考完试改卷子很麻烦"，还叹了一口气，就不见了。我想这个故事很可能是真实的，因在人思想里常会因想念，出现幻象，幻象总会消失，但常有一些因素使之显现，而"生前"二字大概是这位夫人听到后，王老先生消失的原因吧！

　　邓可蕴送给我一张照片，是她、傅尚媛与我父亲一起照的，他们三人坐在大院的草地上，后面立着邓可蕴刚买的一辆新自行车。草地是那么美丽，两个女孩是那么生动活泼，我父亲是那么慈祥。我不记得这张照片是谁照的，如果是我照的，那我是幸福的。我父亲非常喜欢孩子，可以和孩子们说笑，当时他是北大校务委员会主席（因无校长，他相当于校长），能和两个十四五岁的孩子一起坐在草地上照相，而且夸奖邓可蕴的自行车很漂亮，大概一般大学校长不会这样做吧！

东厂胡同大院也许不久就会完全消失，它留给我们的难道是一个幻象？不是的，大院留给我们的是一段美好的回忆，我常常想到它，想到那些小朋友。现在我虽然老了，但我想起这段在大院中生活的日子，我不能不激动，不能不沉醉，好像我又年轻了，它把这以后的种种烦恼都驱逐掉了。几十年沉重而苦难的历程都会被大院的欢乐之风吹跑。

东厂胡同大院快消失了，大概我和我那些小朋友也不会再有心情去看它，时间会使一切成为过去，最后总会消失得无影无踪。

我和邓可蕴

当前同住北京的朋友之间很少有人用邮政通信的方式来联系，打个电话或者约个时间见面就行了。我和邓可蕴每年总要通几次电话，往往也有两三次见面的机会。可有时我们还通通信。有一次，可蕴对我说，在下雨天时，她常常想到我。我没有问她什么原因，是不是在东厂胡同大院时，在雨天我们常见面，或者某次雨天见面给她留下深刻的印象？是不是那天我们一起听柴可夫斯基的《悲怆》？她说，她也说不清为什么这样。而我，往往是在海外时就会想到可蕴，并且常给她写信。邓可蕴比我小八岁，我上大学二年级时，她才上初中二年级，但在大院时，我们来往最多。我原来有个妹妹，但在抗战期间病死于昆明，因而我总是把可蕴看成我的小妹妹，可是，我和她谈的往往又是文学、艺术和人生之类的问题。常是我给她讲，她听着，我好像是她的老师。大院那么大，我们常常可以一面漫步，一面谈，或者在我那间有不少书的房间悠闲地谈着。大院东南角有个高台，站在上面可以看到大街，当然在台子上看星星就更为美妙了，我记得（也许不是记得，而是我的想象）有一次，我们看着满天的星星，我忽然想起美国电影《马克·吐温传》，我问她看没看过这部电影，她说没有，其实我们也常常一起去看电影。于是我就给她讲《马克·吐温传》的故事，我告诉她，马克·吐温出生时正好哈雷彗星从天上飞过，他是骑着彗星来到人间的，后来马克·吐温成了有名的作家，各地常请他去讲演。有一次英国请他去作一系列旅行讲演，那时他夫人身体已不太好。在他正要作第一次讲演之前听到他夫人病重的消息，他没有继续他的旅程和讲演，立刻回美国。马克·吐温到医院去看他夫人时，一个护士正推着轮椅到一棵大树下，他的夫人睡着了。这时树上有一只小鸟在喳喳叫，于是马克·吐温写了一张卡片挂在树上，写着"请小鸟叫轻一点，不要惊醒树下的病人"。这时电影响起了音乐，歌词译成中文是："可爱小河在绿水中弯曲流，我要唱一歌称赞汝汁清流，鸽子在山巅上，叫声也不可太大，雀鸟在林之上请轻轻地唱吧！……"我看到这里时，不禁落泪。后来在马克·吐温七十岁时，生病在床，他女儿来看他，他平静地躺着说："请为我奏一曲《破车瘦老的马》。"于是他女儿吻了他一下，走到钢琴边，奏起《带我回家》，歌词译成中文大概是："破车瘦老的马啊！来呀！来呀！带我回家乡……"正在这时哈雷彗星掠过天空，马克·吐温安详地离开了人世。现在我不敢十分肯定地说，是不是真的我给她讲过电影《马克·吐温传》，但我给她讲故事，讲讲某本小说中的某个片段或某部电影的一些情节，总是有的。我向她推荐托尔斯泰的《战争与和平》，大概是因为安德烈亲王在战场上受伤，躺在地上，忽然看到不远处，地上长着一朵美丽的白花，安德烈深深地被它吸引，而我则为此深深感动。人呀，要是世上没有战争多好！多少年来，我走在野地或山丘小径上，每每看到那自然生长的小白花，我就想起《战争与和平》中的这个画面。可蕴，我是不是对你讲过？

在当时，邓可蕴无疑受我很大影响，这点她的父亲邓广铭先生在20世纪90年代还常向我说："你是邓可蕴的老师，她受你影响很大。"说实话，虽然我的一些思想、感情、爱好影响了可蕴，但她的天真、善良、好学，对事观察的敏锐和好奇，对人的坦诚热情，都影响着我。直到现在，我有时还常常暗笑自己，在某件事情上为什么那么没有心计，那么天真。在这时，我往往想到可蕴，想到她那无邪的天真。几十年过去了，我已步入老年，但我和可蕴一样还是那么忘不掉在东厂胡同大院的日子。每次见面都要谈到在东厂胡同时的一些人与事，好像我们又年轻了。我们的友情是真诚的，因而是难忘的。

2001年9月18日，我来到了美国西海岸加州的斯坦福大学，租住了一个环境优美的房子，这给了我一个难得的机会，使我可以把想写的以祖父、父亲和我为题的书付诸实施。写这本书，当然会写东厂胡同大院，会写邓可蕴。而如前所说，我每到海外都会想到要给她写信，在我给了她第一封信后，接到了她的一封长信，征得她同意，抄在下面。

汤一介（按：邓可蕴写信一直这样称呼我，她平日和我谈话也是这样）：

你好！你大概以为在电话中乐黛云已经讲了你们的地址，所以你的来信就不再写了，而我记下你们的地址就去香山开了三天会，回来以后接到你的信，一看竟没有旧金山的地址，再找我记下的条子也不知"妥善保存"于何处了，情急之下往朗润园你家打电话，才算拿到了 E-mail 和大学地址。我一辈子办事都好像是慌慌张张，没有规矩，闹出笑话或曰"悲喜剧"的可多了，简直不胜枚举。与你见面机会不多，所以还没有对你讲过。

现在我也练习用计算机写材料，因为不是科班出身，许多普通规范也不会使用，效率低、速度慢，见到别人早已像"草上飞"一般，我不能不硬着头皮慢慢来，过去是借口汉语拼音不行，总与英文混淆而不学计算机（打字），如今有了汉语手写板，对我来说再找不到借口了。

你们在旧金山生活一定很规律，乐黛云的腿和膝盖，情况好些吗？上课需要走很长的路吗？或是有汽车接送，也许又找了一辆自行车？你的睡眠是否也有改善，不至于与美国政府一样，整日惶惶然地防范再被袭击而不得安宁吧？有时出国住一段是一种休息，杂事纷扰少得多。希望你回国更健康。若有小毛病应及时处理，万万不可"得过且过"，这种年岁，对自己身体要认真。

昨天我去保定河北大学参加了漆侠的追悼会，他在输液（多年的哮喘病）时突然气绝，享年79岁。我认识他是1947年，他是我爷爷的第一个研究生。五十多年来他对我家三代都很关心、照顾。最早他住在东厂胡同后院，与傅尚媛家一墙之隔，有一个小门通到你家花厅库这边。漆侠是山东人，古道热肠，昨天有一二百人向他告别，多是他带过的学生，从京、津、冀、鲁各地回来。我也见到宁可了，但那情那景，大家彼此说话不多。现在给你写信，我却止不住泪流满面。（11月7日，明天再接着写）

你要写的大文章进展很快吗？写回忆性的东西，要追忆到许多许多年以前。对我来说，自"文革"之后，我既不写日记，也不保存别人的来信，虽然明明知道有些信很有保存价值，或有些感触真的应记下来，这三十多年我却一字不留。这几十年受到的伤害，以及对世事的醒悟，我将精力投入到我的农村能源开发、建设中去，并且得到了极大的安慰，自认为没有白来人世一趟。和你太不一样了，你是个名人、哲学家，我是个做技术工作的人。

在东厂胡同生活的日子，最难以忘怀的是认识了你。由认识你而逐渐地崇拜你，怎样熟悉起来的，我已记不得了，但你引导我接触到柴可夫斯基、贝多芬、莫扎特，接触到屠格涅夫、普希金、巴尔扎克。从前我说过你引导我进入了一个崭新的文化殿堂，现在想想还是说"接触到"

为妥，因为事实上我并没有真的进入，只是接触到，当然这种接触对我终身有着深刻的影响。

我爸爸在我读小学四、五年级时，就叫我看《西游记》《水浒》，但他不主张我看《红楼梦》《隋唐演义》《说岳》等，所以我迟至大学以后才看这些书；你告诉我，文学作品分成十八等级，你只希望我看一、二流的作品，你说托尔斯泰是一流的，屠格涅夫只能称为二流，又说福尔摩斯是第十八等级，不要浪费精力，所以我到四十多岁才在消遣时看了些侦探小说。在你房间里有那么多书，非常吸引我，你叫我尽量看完一个作者的东西，再换一个作者看。你的小屋不锁，在里面我常常流连忘返，你上课不在家，汤伯母也从不说我，等到快吃饭我才拿着一本书回家了。上初中二年级一学期时，我看了很多书，学校的功课不难，我也不大认真，当时我是"落后生"，不愿参加社会活动，每天早早就骑车回家，为的是看小说。

随后，你告诉我看一个人的作品要明白作品中的脉络，这个脉络是发展的，与时代的变化和作家的变化相联系。你给我讲了屠格涅夫、巴尔扎克，并且要我看他们的传（到今天我都喜欢阅读和收集那些我敬重、我珍爱的人的传）。这种点拨和启迪，我是第一次遇到，使我有了一个飞跃，我听了你教诲，作了许多笔记，直到初三毕业也未停止。初三语文老师（当时我们很喜欢听他的课，姓谢，肺病严重，没有几年就去世了，据说他若不死也会被斥为"胡风分子"）看了我的那些读书笔记，十分赞赏，惊讶其怎么会出自一个初三的中学生，他问我谁在指导我，我告诉他有位北大学生叫汤一介……在遇到你之前，我是看《小妇人》那三本书的孩子，整天就知道顽皮、玩闹。

你们家还有许多好唱片，我不知道那些是不是汤伯伯从英国带回来的，从1948年底到解放军围城、学校停课开始，东厂胡同的孩子们（其实就是傅尚媛、梁柏有、我、你四人是固定的，彭红远兄妹、万比先或来聚，邓可因、赖声镭则从不参加），在傅先生住过的大北房间玩，玩得最多的是打Bridge，只要你我一家，咱们准赢。令人难忘的是每逢在北房打牌或聊天，都有很好的音乐同时播放。现在想起来，那些唱片是经过选择的，都是"经典"，或许你家根本没有不好的唱片。我自幼喜欢唱歌，也喜欢唱京剧，还能自己哼一些旋律，但并没有机会仔细听莫扎特或肖邦的东西，尤其当你让我听《悲怆》之后，我被震撼、被感动，里面的主副旋律好像我早已熟悉，我知道柴可夫斯基写它的时候，他的心在流血，而我听第一遍起就在流泪。这是一种形容不了的缘分，相通和相知。

从此，我的生活中就再没有离开它们。几十年种种腥风血雨，人世间的各种脸谱，真好似要扼死你，或者希望我自己扼死自己，但是，我的生活中总是有《悲怆》那如歌如泣的画面，有莱蒙托夫的乡村麦草气味，有辛稼轩的不尽长江滚滚流，我将自己躲在这里面，又轻盈又凝重，又浪漫又苦涩。就这样过了几十年。

你当时是个大学生，虽然我崇拜你，但我们一起聊天并不多。大概是你忘了，你并没有和我大谈克鲁泡特金，或者什么空想社会主义，我看到有时你屋里有几个朋友，你和他们谈话很起劲，凡遇此我就不进去，我听不懂也不感兴趣，你对我讲的都是一些"俯视"性的启蒙教诲，使我终身受益。还有一次你约我"谈谈"，态度严肃，在后院压水机旁，你说我不可太傲慢，不可只认为自己行而别人都不行。还有一次是在花厅库旁边，你说人人都应保持一颗童心，童心才是真正的真、善、美，你非常诚恳地希望我永远是个孩子。

我常常想，我是很幸运的，很幸福的。我生于长于这样一个家庭，又有在童稚之年就遇到像你这样的人。你是我的兄长、老师。我在任何时候，无论是逆境还是顺境，我从来没有忘记你是我的老师，同样，无论你是走逆境还是"走红"时，我也不忘你是我的老师。老师是一辈子的，与气候的颜色没有关系。

回想起我在东厂胡同那短短的一年多的日子，我也曾有一种对你很依赖的感情，关键是我愿意从你那里得（学）

到更多的东西——我认为那些都是美，很圣洁，从别人那里得不到。有时我自认为自己有了一得之见，就总想对你快点说，更愿得到你的赞赏，就像打桥牌你说我聪明一样。有一次我故意在传达室做作业，心想你回家一定会经过大门，然后我便可以向你讲话（当时我想讲什么我忘了）。奇怪的是这晚我竟然没碰上你，但事实上你是回家了。我很失望。这真有点像《谪仙怨》。直到去年我们和梁柏有、傅尚媛回到那座已破败的园子时，你无意说到从前下课常走翠花胡同小门回家，我才明白当年在大门未能遇到你的缘由。

上初一时，我爸爸叫我看《邓肯自传》，他们那一代喜欢邓肯追求自由追求变革，我姐姐被取名叫"邓可因"就缘于此。初一时我看了《咆哮山庄》，看了好几遍，我同情他们，和他们一起压抑、愤怒，开始思索如何才能不再有这种悲剧。东厂胡同后院有一处假山显得有些阴郁陡峭，我常爱自己坐在上面想象英国的约克郡是什么样子，奇怪的是一天你走在那假山小径看到我，竟问我：邓可蕴你坐在咆哮山庄上吗？……还有一次在你的小屋里看摄影集，我挑出一张照片，浓云后面几缕阳光强劲地挣扎透出，你立即对旁边的人说，邓可蕴就喜欢这股咆哮山庄的味道。……你可明白了我为什么崇拜你敬爱你。

　　这封信写了好几天，干脆今天就打住，明天寄出。以后再写。祝你们身体好，身心愉快。

可蕴 2001 年 11 月 9 日

　　邓可蕴的信，我读了不止一遍，许多往事一件一件地在我脑海浮现出来，有的事情在记忆中很清晰，有的事情则模糊不清了，还有些事情或者是我们后来见面时的情景，也还有的事情是我的想象或者她的想象。我和邓可蕴在一起的时间并不长，主要是 1948 年底解放军围北平至 1949 年春夏之交，后来有时也见面，但却不是很多了。1948 年底至 1949 年初，我们常去东厂胡同大院傅斯年的住处打桥牌、听音乐，或者"捉迷藏"玩，参加的常常是六七个人，我和邓可蕴单独在一起时，大都是在大院中散步或在小土山的石头上坐着聊天，有时也在我的房间里。多半是我给她讲，她听着，讲的内容大都是我看过的书，例如我给她讲托尔斯泰的《战争与和平》，我最欣赏的是那种"人道主义"的思想，甚至托翁书中的宗教气氛，我告诉她：虽然我很喜欢安德烈亲王，但我更喜欢皮埃尔那样的人。我也很喜欢罗曼·罗兰的《贝多芬传》，我大概也让邓可蕴看，特别指出应该很好地体会该书引用的贝多芬 1819 年 2 月 1 日在维也纳市政府的一段讲话："我愿证明，凡是行为善良与高尚的人，定能因之而担当患难。"当时我还根据这句话和《贝多芬传》写成《论善》一文，这篇文章可蕴一定看过。可蕴的善良也许受到贝多芬的影响吧！

当时我也很喜欢法国作家纪德的书；我看过不少他的书，如《窄门》、《浪子回家集》、《田园交响曲》等等，我还从《大公报》的《文学》副刊中把纪德的《意想访问》剪下来，保存着。纪德有一句话到今天还影响着我："人只在忘却自己的时候，才能真正找到自己。"我不记得是否把这句话告诉过邓可蕴。但她后来执着地解决农村的能源问题而忘我地工作，她真正地找到了自己。1949年以后，我们的生活都很不容易，就我自己说在此后的三十年中犯过各种各样的错误，也挨过各种各样的批判与斗争，除了其他原因外，我的想出名的思想害了我自己。20世纪80年代，我又想到纪德上面那句话，才真正有所领悟。1948年我就买了纪德的《苏联归来》，但没有来得及看，直到80年代末，我才读这本书，从而对"造神"运动的危害开始有所认识。

我当时喜欢看所谓的国外文艺影片，有时和可蕴一起看，有时和别的朋友一起看，看过后我常常要说说我的感受，要回忆一些画面，到今天我还对那时看的电影的画面记得很清楚，其画面会在我脑中浮现。例如我看过一部叫《王巷城》（King's Road）的片子，是说一个腿残废的男孩子，在朋友和家人的爱护和帮助下，得以痊愈，那时他不过十岁左右。一天，一位比他小的女孩子来看他，他在一片大草原的尽头，女孩子在另一头，看到这位男孩子可以自己行走，就拼命跑过去，这时小男孩也迎面地跑，画面真美极了。我不记得可蕴是不是和我一起看的，但我想这个画面我给她描述过。这种细微的人与人之间的关爱无疑是非常感人，而且会对人有潜移默化的影响。

现在我越来越感到有"人类之爱"，都是"人"，总有其共同点，也就是有"人之所以为人者"，或者有孟子所说"人之所以异于禽兽者几希"的"人与禽兽不同的那一点点"。这就是"人性"，就是"人类之爱"，但这种"人类之爱"，我们应保护它、培养它、发挥它。我在 1949 年前大概只有"小爱"，也就是说只有一种抽象的、不实际的"爱"，只是在读了捷克共产党员伏契克的《绞刑架下的报告》后，才知道应该把"小爱"发展成"大爱"，为此写出一篇短文《人生要有大爱》[刊于《中学语文教与学》，2001（6）]。新中国成立后，可蕴无疑也读过伏契克的这本书，她之学农机，之所以关怀农村，之所以热爱农民，我想她和我都相信有"人类之爱"，并且应把"小爱"扩大为"大爱"。这和我们都崇尚托尔斯泰等文学家所具有的"人道主义"精神，不能说没有关系吧！

在儿子八个月的时候

1957 年春，由于苏联批判斯大林，东欧也发生了对现政权的批判，社会主义阵营出现了某种解冻的现象，这对中国大陆特别是知识界和青年学生不会不发生影响。在这种情况下，中国共产党中央和毛泽东提出了在文艺和学术上的"百花齐放，百家争鸣"的口号。我们这些毫无政治经验的知识分子真的以为学术研究的春天来到了。许多知识分子和青年学生抱着爱护国家的目的，提出了现在看来是完全正确的意见。

我的妻子乐黛云被打成了右派。在我得知她要被划成右派时，我打了一个电话给当时中文系的中共党总支，我说，我想和他们谈谈，我不认为乐黛云会反党反社会主义。他们并没有和我谈，而是向哲学系中共党总支报告了我不能和乐黛云划清界线。于是，中共哲学系党总支也据此给了我一个严重警告的处分。当时，乐黛云刚刚生下我们的第二个孩子汤双，在这种情况下却要她接受那些莫名其妙、胡言乱语的批判。批判她的人有的是她的老师、有的是她大学时的同学、有的是她的学生。这些人本来应该对她很了解的，而这时唯恐发言不积极而落得一个右倾的称号。为什么人性被异化到如此之程度？

乐黛云不仅被划为"右派"，而且是等级很高的极右派。她的罪名是和中文系其他一些青年教员一起要办一份文学的同人刊物，这个刊物并没出来，只是大家报了一些想写的题目，后来因为反右开始，而没有办成。在大家报的题目中，有两个题目被认为是最严重的反党反社会主义的，一篇是《对"延安文艺座谈会上的讲话"的再探讨》；另一篇是《一个司令员的堕落》，这仅仅是要写一个司令员之堕落，难道仅仅只有一个司令员堕落吗？乐黛云要写的是一篇关于郭沫若文学研究的文章，但由于她是组织者，因此划成了极右分子。当时，所有的"右派"都要下到农村去劳动，也许因为我父亲当时还是北大副校长的缘故，校党委批准她在汤双八个月时再下乡去劳动。1958 年春，我已经和哲学系的同学一起到北京南郊大兴县去劳动了。我们下乡去劳动叫劳动锻炼，不像右派下乡叫劳动改造。8 月底，一天晚上我从大兴县溜回家，想看看乐黛云和我们刚刚八个月的儿子汤双，但到家后，才知道乐黛云于前一天已由燕南园被发配到农村劳动改造去了。一天也没有多，刚满八个月就让乐黛云下乡去了。我看着我那睡在小床上的儿子，我把他抱起来在房子里来来回回地走，满眼含着泪水。人呀，为什么这样残酷！

反右使得多少人家破人亡，有的自杀了，有的因不服罪而被枪杀了，为此夫妻离婚的不计其数。而我始终不相信乐黛云是右派。乐黛云去劳动的地方是北京西郊的门头沟区，她要三个月才可回燕南园两三天，而那时我还在带学生住大兴，大搞深翻、大炼钢铁，不能回家。我就常给她写信，并且在信封上仍然写着"乐黛云同志收"。有一次，我让一位同学帮我发信，他看到信封上写着"乐黛云同志"，就向哲学系的总支报告汤一介竟然称右派为同志，划不清界限，因此在 1959 年的反右倾运动中，我又受到批判。现在回忆起这些往事，真是让人啼笑皆非，它是悲剧？闹剧？或者更是一幕丑剧？

香山红叶山庄小住纪实

北京的春天很短，夏天却很长，1962 年北京的春天也是很短，匆匆而过，就到了夏初。自父亲生病后，他很少外出，政协会议和人大会议他都请假，一次也没参加。但这年初夏，他忽然提出想去香山小休息一下。我记得 20 世纪 30 年代，他在初夏也常去香山住一两周，有时住在钱穆先生租的房子里，也有时住在香山红叶山庄。因为钱穆先生早已不在北京，就只能去住红叶山庄了。我推想，他为什么想去香山小住，很可能有两个原因：一是，他写完了《论中国佛教无"十宗"》松了口气，他觉得对研究中国佛教隋唐宗派问题有了点底，可以休息一下，静静地思考如何继续下去。二是，他对香山的旧情难忘，因为他的《汉魏两晋南北朝佛教史》最后就是在香山定稿的。在香山红叶山庄父亲和我有几次谈话，现在大多淡忘了，只记得有一次他谈到我的祖父。他说：祖父虽中进士，但没做过什么大官，而大多时间在甘肃，只是最后几年在北京。祖父喜欢"汉易"。祖父在甘肃时参与了办新式学堂，所以到北京后就把我父亲送入顺天学堂。这是我父亲和我谈到祖父的唯一一次谈话。只是后来我看到《颐园老人生日讌游图》才对祖父有了进一步了解。另一次谈话是讲他自己。他说：你们现在的生活比我读书时好多了。我上清华，当时坐不起车，只能步行，来回几十里，每月总得回城里看望你的祖母几次，否则她会骂我"不孝"。但她思想很开通，我考上了"留美预备班"，要到美国去四五年，她不但没有阻拦，反而说不要恋家，学成再回来，所以父亲到美国是专心攻读，生活非常清苦，吃饭只吃最便宜的面包，吃点切下的牛肉末，喝清水。为的是省下钱买书，这样，他从美国回国时带了四五百册英、德文书。他说，这些书让他一辈子受用无穷。其实父亲在读清华和留美时的艰苦生活，我不止一次听母亲述说过。但这次是父亲自己对我说的，也许是有某种警示的意思。父亲还说：做学问主要是认真读书，勤于思考。读书要真读懂，要会利用各种工具书。遇到问题不要轻易放过，可以找相关的书相互对比，以求得解决。父亲对我批评说：我看你读书很快，是不是都弄清楚，我有点怀疑。你选修过我教的课"英国经验主义"，我让你读洛克、休谟的书，但你很少提问题。这说明你没有下功夫读书，也没有动脑筋思考问题。今天我回想当时的情况，感到我和我的同学们可以说都没有认真读书，我们当时一门心思只是想着按党委的要求，了解那些教授的思想，以供批判用。父亲和我的谈话是"有心"还是"无意"？在当时我并未仔细想过。这说明，我的无知。

父亲和我的谈话并不多，我能记得的只有以上几点。在香山时，他比较多的是和孙女汤丹（9岁）、孙子汤双（5岁）同乐。父亲常和汤丹、汤双到红叶山庄的"九曲回肠"（将山泉引入弯弯曲曲，象征九曲黄河的小水槽），看着两个孩子把手帕放在"九曲回肠"的上端漂流，然后孩子跟着手帕顺水往下流处跑着、叫着、笑着，父亲很开心，孩子们更开心。夜晚两个孩子到山坡的草地去捉萤火虫，他们把萤火虫放在南瓜叶的空茎里，萤火虫一亮一亮地很好看，两个孩子就争着跑去给爷爷看。汤双对爷爷说："爷爷，你看它像不像灯笼？"汤丹说："我看它更像霓虹灯。"

离红叶山庄不远处有个小游戏场，这是孩子们最爱去的地方。我们带到山上一把轮椅，父亲坐着，我们推着，孩子们走着，跑着。母亲在后面叫着："汤丹，管住你弟弟，不让他摔跤。"汤丹叫弟弟别跑，弟弟就不跑了。汤丹很爱护汤双。汤双在8个月时，乐黛云就被下放到门头沟斋堂去接受"劳改"。这时汤丹已经5岁，妈妈"劳改"三年，汤丹好像很懂事地爱护着弟弟。在这三年中，发生过一件"有惊无险"的故事，在汤双一岁多刚会走路时，汤丹去找弟弟，在各屋都没找到，就大叫："爸爸，弟弟不见了。"我问她是怎么回事，汤丹哭着说："我各屋都找不到弟弟。"于是我们全家总动员，在各屋和院子里找，情急之下，还给各校门打电话，请他们注意。正在我们慌乱之时，汤丹看见汤双由厕所一个角落走出来，拿着刷便池的刷子，头上还顶着湿袜子，呜啦呜啦地走出来。汤丹看到一把抱住弟弟说："你把我们都吓傻了。"这个故事，以后我们常用来笑话汤双。汤双总是傻笑着说:"臭湿袜子顶在头上也挺凉快嘛。"

香山半山腰处有个"玉华山庄",可以喝茶,吃零食,如瓜子、花生、小糖块,有时还可以买到包子吃,这是父亲喜欢去的地方,也是孩子们喜欢去的地方,坐在那儿可以看见香山的远景,天气好还可以看到北京城。父亲因中风,留下后遗症,走路有点困难,我们用轮椅合力把他推上去。玉华山庄很大,有各种花树草木,任由孩子们跑来跑去。

在红叶山庄,每天早上,8点以前,我们吃过早饭,父亲和母亲就坐在朝南的走廊上晒太阳,我们就和孩子们去游览香山的景点:双清、眼镜湖、碧沙帐,枫林村……孩子们对这些地方似乎兴趣都不大,他们喜欢爬没有路的小径,自己往上爬。汤丹对汤双说:"这样才叫探险,你别怕难,后面有爸、妈保护。"汤双和汤丹一样也喜欢新奇,他并不怕,有时摔倒,还是往上爬。有一次他们爬着爬着,汤丹看见一条蛇,大叫:"妈妈,不好了,有条蛇。"赶紧往回跑,乐黛云说:"别怕,它不会咬人。"她往前去一看,是条死蛇,汤双说:"我没怕,我见它没动呢!"汤丹说:"你别冒充英雄,那你躲在我后边干吗!"弟弟不说话。

父亲和母亲坐在廊子上,好像在说着什么,我们都没过去,怕打扰他们。我想,他们也许在谈着往事,回忆着自己的"幸"与"不幸"。我母亲生了6个孩子,早逝了4个,这是她一生的"隐痛",这可能是她"不幸",但嫁了一个"言听计从"的父亲,也就是她的"大幸"。父亲的"不幸"也许是各种"运动"耽误了一些时间，使他没有能完成写整部"中国佛教史"的愿望。他的"幸福"也许是他能及早"中风"，而免去各种"运动"的"苦恼"和免于回答各种不能不回答的"说不清道不白"的问题。早饭后，父亲要在床上小憩，我觉得他在想什么，但也不好问他。我们大概在红叶山庄住了十多天，没有"阶级斗争"、没有"政治运动"、没有"城市的喧闹"，只有山间的清风明月，一切平静而自然。

一日父亲对我们说："该回家了吧！"这样，我们就下山了。回到家里的第二天父亲就把他的秘书招来，说："我们开始工作吧！"于是父亲开始了他的《中国佛教宗派问题补论》。同时应《新建设》杂志约稿开始写《康复札记》，在"札记"前有一段话："现应《新建设》杂志之约，将近年读书所想写成札记，以供参考，这也是我对人民所尽涓埃之力。"看来，香山红叶山庄两周的休息，父亲实际上是思考着一些他关注的学术问题。因为他晚年一直想着的是："虽将迟暮供多病，还必涓埃答圣民。"这就是中国真正有良心的学人的心声！

寻找溪水的源头

经历了十余年紧张的阶级斗争，我们仍然热爱大自然，没有放弃追求宁静的田园生活——那是 1962 年，严酷的斗争似乎有点缓和，"大跃进"的狂热已经过去，全国人民似乎松了一口气。我们的家庭生活也轻松了许多。父亲的病因长期调养，病情较为稳定，在病中不断发表学术研究的成果，妻子乐黛云的"右派"帽子经过三年劳动锻炼，初步摘掉了。她分回北大，在资料室作古典文学的注释工作。我们的生活平静了许多。在此期间，由于教学需要，给了我较多时间，再研读中国哲学的典籍文献。我们全家的生活和全国人民一样短暂地得到了一段休养生息的机会。

由于自儿女出生后，我和乐黛云都忙于各种政治运动，很少有时间照顾孩子们，现在可以有一点时间和儿女在一起，对这一点上天的赐予，我们十分珍惜，不会轻易放弃。我们在这年春夏之交，常常带孩子们去香山或卧佛寺等地郊游。我们和孩子都更喜欢卧佛寺及其深处的樱桃沟。我们多次乘公交车到卧佛寺站下车，再走一公里到卧佛寺的殿门。这一公里小路两边长着很多野草，我们沿路教孩子们玩一种斗草的游戏。这种游戏北京孩子叫作勒崩将：两个孩子各拿一根顶上分为三岔的小草，挽成一个活结，这便是草鸡的头，自己的草从对方草鸡头下的项圈中穿过，双方使劲一拉，一方的草鸡头会被拉断，被拉断的一方就是输方。我们一路走着，一路玩这种游戏，孩子们很高兴，我们也很高兴。在这条路的中段，有一个不大的让人们休息的长亭，亭上面爬满了藤萝，我们常在这里小憩，喝一点水，吃一点东西。孩子们不休息总是围着长亭乱跑，汤双喜欢摘些野花野草编成花环扣在姐姐汤丹头上，说姐姐真美！

我们走进卧佛寺大门，直奔安睡的卧佛，一鞠躬就匆匆离去。寺内有两个水池，水从卧佛后面的小溪流入。两个孩子都有同样的好奇心，想弄清楚溪水是从哪里流出来的。他们曾问过寺里的僧人，僧人告诉他们是从樱桃沟流过来的。于是，樱桃沟就成了他们执意要去的地方。

一天，我们终于向樱桃沟出发。一出卧佛寺后门，就看到一条小河，小河的一条支流就是卧佛寺池塘的源头。我们沿小河上行，见到一座小桥，桥下的堤坝形成一个小型水库。我们过桥来到小河的左岸，看到一个小园。这个小园别有风格，是用竹子围起来的一方小天地，名叫"周家花园"。园内有几间青砖瓦房，院子里有几张方桌方凳，可以在那里喝茶。我们走进园子，要了一壶茶。我们慢慢地饮茶，观赏着周围的竹子和小草花。茶和我们平时喝的很不一样，有着竹叶的清香和苦甜。我们问送茶的小青年是什么茶，他说是用香山竹叶和北京香片混合自制的。我们又问他樱桃沟还有多远，他说大概还有两三里，但后面没有什么像样的路，只能沿着溪水岸边的石子路走。喝完茶，我们就从溪水的左岸往上走，一路都要踏着大大小小的石块前行。两个孩子脱了鞋袜走在慢慢流着的溪水里，又笑又叫，十分快乐，也让我和乐黛云感受到什么是真正的快乐，而过去发生过的苦恼也都随之烟消云散。我想只有亲近大自然，像陶渊明所说的那样"纵浪大化中"才能得到这样的精神享受。

走了一个多小时，我们终于来到了樱桃沟。其实这里只是一个乱石岗，到处是打碎的砖头瓦块，杂草丛生。奇怪的是溪水尽头却有一个亭子比较完好。走近亭子，看到亭柱上一副对联，上联"行到水穷处"，下联"坐看云起时"。我和乐黛云坐在亭子里欣赏着周围的山色，享受着这难得的半日悠闲。

记得多少年后，我去武夷山时，不禁想起樱桃沟的情景。武夷山有两座山峰，一座叫玉女峰，一座叫大王峰，万山丛中有一个去处叫云窝，坐在云窝的茶座喝茶，看到云气从那里冉冉升起，靠近山峰就化为小雨。这使我想起樱桃沟的水穷处和云起时。世事变化无穷，前事的景象消失了，又会有新的景象产生。是祸是福，无从测知。我们数十年的经历何尝不正是如此？

两个孩子在乱石岗中跑来跑去，找好看的小石子。女儿忽然大喊："爸爸妈妈，这里有块大石头，上面还刻有字呢！"我们一看，原来是一块残破的石碑，上面刻着"无为周居士"，这下子引起我们的兴趣，也跟着孩子们在乱石岗中寻找，希望发现点什么奇迹。这时女儿又大叫："我又找到一块有字的碑，你们快来看看！"我们去一看，残碑上面刻着的是："莫愁陈夫人"。这无疑是一对具有我国传统文化素养的夫妇留下的遗迹。"无为"使我联想到一个争论了几千年的哲学问题，到底是无为具有普遍价值，还是有为具有普遍价值？这是一个永恒的哲学问题。但是，莫愁的确对每一个人都是可解的。一切顺应自然，自可莫愁而得大自在。

在这乱石岗中，溪水似乎戛然而止，但溪水是从哪里来的呢？我们发现原来溪水是周围山上的细流汇成的。这就是说溪水已断而又未断，溪水尽头已不是溪水，但溪水之水仍是溪水之水。世事茫茫如电影之画面，不过是拉长了的电影胶片，一片过了，另一片又出现。它是连续的，又是断裂的，所以说昔不至今，过去发展到现在，就不是过去了！我们生活的世界是真实的世界，还是虚拟的世界？到底溪水有无尽头，就像宇宙有无尽头一样。这又是一个哲学问题。

我们家的儒道互补

我和乐黛云结婚已经五十三年了。在这五十三年中，虽然经历着种种的苦难，不是她成为"右派"，就是我成为"黑帮"；不是我被"隔离审查"，就是她在深山"劳动改造"。记得我在"隔离审查"期间，两三周可以放我回家半天，每次她就炒好一罐雪里蕻，送我回到未名湖的小桥边。在我成为"黑帮"时，白天劳动，晚上被关在一座楼里写检查，她就坐在楼下的石阶上，等我回家。我每次治牙，因为我怕痛，她都要陪着我，再三让牙医要轻一点。我们在日常生活中虽然偶尔也有些小矛盾，但都能很快化解。用什么话来说明我们五十年的生活呢？生动、充实、和谐、美满？也许都是，可也许更恰当的应是由于我们性格上的不同所形成的"儒道互补"的格局吧！

我在性格上比较温和、冷静、谨慎，兴趣窄，不敢冒险，怕得罪人。而乐黛云的性格则是，热情、冲动、单纯，喜欢新鲜，不怕得罪人，也许和她有苗族人的血统有关。

我写文章，弄不清楚的地方，我往往要查书，查字典、《辞源》之类。例如，有一次她问我"混沌"最早是不是见于《庄子》，我说："大概是吧！"后来我不放心，就去查《庄子引得》，原来在《庄子》中没有"混沌"一词，我又去查《辞源》《辞海》，其中或说最早出于《易·乾凿度》或《白虎通·天地》，这两部却都是儒家的典籍。我告诉她，她却说："我的文章中用庄子的'混芒'更好呢！"于是她的文章中就不用"混沌"，而用"混芒"。而我只得笑笑说："我看'混芒'与'混沌'其实分别也不大。"这大概又是一种"儒道互补"吧！

我们的儿女都在80年代初就去美国读书，后来在那里入了美国籍；孙子和外孙女都生在美国，他们都成了美国人。为此，我曾写了一篇随笔《我的子孙成了美国人》。文章的大意是说，我们汤家几代都是读书人，也可以说是"书香门第"吧！我总希望我们的后代能继承，但我的子孙们都成了美国人，以后将不会"认祖归宗"了。由是不免有点悲从中来。这自然是受儒家的所谓"传家风"的影响吧。当我把我的这种想法向乐黛云说后，她却说："他们属于新人类，是世界人，没有传统的国家观念，什么地方对他们生存和发展有利，他们就在什么地方作出贡献，有什么不好！"乐黛云这话又透露出庄子思想的影子，庄子主张"任性""放达"的思想，她认为应该让自己照自己想做的去做。对她的说法，我虽并不赞成，但我也不想反驳，因为儒家讲"和而不同"呢！

乐黛云喜欢求新，在她的一篇文章中对《老子》的"有物混成"作了新解，她说："中国道家哲学强调一切事物的意义并非一成不变，也不一定有预定的答案。答案和意义形成于千变万化的互动关系和不确定的无穷可能性中。由于某种机缘，多种可能性中的一种变成现实。这就是老子说的'有物混成'。"我说不能这样解释吧！《老子》中说"有物混成，先天地生"是说"道"这个浑然一体没有分化的东西，先于天地就存在了。乐黛云说："你那个是传统的解释，没有新意。"我说："我们就各自留自己的意见吧！我不想和你争论，因为我主张'和而不同'。"她说："我赞成庄子说的'物之不齐，物之性也'，我们两个做学问的风格不同，这是由于我们的性格不同呀！"我和乐黛云从来不合作写文章，但人们会发现我们的文章中往往体现着互补性，这就是因为"儒""道"在我国历史上本来就是互补的嘛！

记得我们 70 年代在鲤鱼洲"五七干校"时，我在八连，她在七连。当时七连的连长请我去讲课。在我讲之前，连长先说个没完。乐黛云就急了，大声说："你请人家来讲课，怎么你老没完没了地讲。"当我讲完后，我就向那位连长说："乐黛云是急脾气，你讲的那些都很重要嘛！"因为我怕他对乐黛云发生误解。从我说，表现着儒家主张的"和为贵"的态度；从乐黛云说，她确实有些道家庄子的豪爽。

最近太白文艺出版社出版了一本我和乐黛云的随笔《同行在未名湖畔的两只小鸟》，其中一半是我的文章，一半是她的文章，都是各写各的。但是这本书的"序"是我写的，她只是改了几个字。在这"序"中有这样一段："他们今天刚把《同行在未名湖畔的两只小鸟》编好，又计划着为青年们写一本总结自己人生经验的肺腑之作。他们中的一个正在为顺利开展的《儒藏》编纂工作不必要地忧心忡忡，另一个却对屡经催稿，仍不能按期交出的《比较文学一百年》书稿而‘处之泰然’。这出自他们不同的性格，但他们就是这样同行了半个世纪，这是他们的过去，他们的现在，也是他们的未来。"

我们的性格那么不同，可是为什么可以和谐相处地在一起生活了五十多年，而且一定会到我们离开这个世界的时候呢？这就是我们家的儒道互补。

我的子孙成了美国人

2001 年 12 月 30 日,我和乐黛云由旧金山飞往纽约,住在我女儿新泽西的一所比我们在北京的房子大一倍的房子里,她把主卧室让给我们,相连的洗手间,除了有淋浴外,还有一个可以冒泡的大澡盆,这对我最合适不过。因为我有老年性皮肤瘙痒症,每天要在泡澡后抹上一些药膏,才能稍许止痒。2002 年 1 月 1 日,我儿子一家由纽约来,我只有这一儿一女,这样我们可以一起度过新年之夜。这是我们全家多年没有在一起过年后的一次聚会,儿女两人再加上儿媳、女婿、孙子和外孙女,全家九口人,还有乐黛云的一位亲戚和她的男朋友,十一个人在一起吃了一次年夜饭,照了许多可以让我们回忆的照片。就在我们全家汇合在一起时,我忽然发现并想到一个问题:"我们汤家的下一代和下下一代都从中国人变成了美国人。"这使我颇有一点悲从中来之感。

说来话长,简单地说,这也是我们造成的结果。1981 年乐黛云先到美国,在哈佛做访问学者,后到加州大学(伯克利)任研究员;我在 1983 年也作为罗氏基金学人到美国哈佛大学费正清研究院客座。我们都认为，美国的教育制度，特别是他们的研究院比中国要好得多，就希望儿女们也到美国来学习、深造。而他们都是学理工的，也很想出来使自己能接触学科的前沿。当然在他们学成取得了硕士学位或博士学位后，我们希望他们回国参加祖国的建设，但他们都异口同声地说："我们不能回去，看着你们几十年在各种运动中，颠来倒去，受了那么多苦，我们回去干什么？"他们并且说："我们之所以学理工，不学你们那套文科，就是想离开那些没有什么标准的是非之地。我们学的东西，是 1+1=2，这可以重复验证。我们不回去当然觉得对不起你们，但为我们的子女想，我们不希望他们再像你们一样，不知怎么样会掉入自己也莫名其妙的深渊中。"对这样的道理，我们虽不赞成，但也确实验不倒他们。

我的女儿和儿子早在 20 世纪 90 年代初就入了美国籍，孙子和外孙女都生在美国，自然是美国人了。这就是说，我们的下一代和下下一代都是美国人，再加上我弟弟（我只有这一个弟弟）的两个女儿也入了美国籍，她们的子女也都生在美国，这就是说，我们汤家（由汤用彤起）这一支，以后都是美国人了。这不能不使我深为遗憾。可是儿女们却在美国生活得很好，而且孙子和外孙女更是美国化，在那里表现很突出。

不说他们的工资比我高出三四十倍，扣除税收，女儿的工资也比我高出近三十倍，这些对我并不重要。重要的是他们比我自由，回想起，在我们最好的、最有创造力的年龄段，是我们自己心甘情愿地接受了一种思想，而不能摆脱听领袖和领导的话，把领袖当"神"来崇拜，大好的年华就如此过去了。我们自己当然有责任，应该反省，但是不是这种定于一尊的学说也有问题，指导我们言行的这种制度也有问题？经过文化大革命后的自我反省，我得出一条宝贵的经验：一切根据自己良知来判断是非，决不再跟风，决不再崇拜某一个人，决不把某种思想看成绝对真理。我得到这条经验也是经过了长期的思考、一点一点摆脱"新老传统"（三十年来的新传统和三千年来的老传统）的束缚而得到的，特别是"六四风波"之后，我自认为已经较清楚地知道以后应走的路，一条独立思考的路。

我并不认为，美国是什么"天堂"，它的社会同样存在着种种问题，而且有些问题非常严重。但相对地说，人们比较自由，比较少受政治的干扰。我的孙子 Brady，现在十三岁，上初中二年级，他在小学五年级时，全美数学考试，取得第二，纽约州第一。他由小学升入亨特中学是他们小学中的唯一被录取的一个。亨特中学是纽约大学的附属中学，是纽约市最好的公立学校。我希望他顺利成长。我的外孙女 Hedy 今年十二岁，读初一，她的功课也不错，被选拔参加各种特殊的考试（即用部分大学入学试题考中学生），她喜欢舞蹈，也弹钢琴，会画抽象派的画，还会在电脑上编卡通故事。我女儿常向她说："应该像哥哥 Brady 一样。功课出类拔萃。"Hedy 说："Brady 哥哥是天才，我不是，我只做我喜欢的。"但很可惜，我的孙子和外孙女，中文很差，孙子还能听、说；外孙女听、说都有困难了。这也不能不使我大大地失望了。

我把我的失望说给乐黛云听，她的看法却和我不同，她说："他们属于新人类，是世界人，没有传统的国家观念，什么地方对他们生存和发展有利，他们就在什么地方作出贡献。我们不同，受着国家观念的影响。总是觉得，为自己的祖国服务，是理所当然的。实际上按马克思主义的国家学说，最后国家总是要消亡的，进入世界大同。儿孙们在美国既可促进文化交流，为人类作出贡献，又可证明中华民族在任何地方都可作出贡献，有什么不好？"她的这番话，从道理上说，我驳不倒她，但从感情上说，我却较难接受，特别是我想到：我的子孙们怎么都变成了美国人？总觉得有点对不起我的祖父和父亲，没有让孩子们保存我们的"家风"。

我和乐黛云完全可以在20世纪80年代移民美国，但我们总认为"我们的事业在中国"，儿女们要为我们办"绿卡"，我们一直没有同意。从1983年起我几乎每年都会或开会或讲学到美国。1990年9月，加拿大麦克玛斯特（McMaster）大学授予我和乐黛云荣誉文学博士学位，并聘请我们在该校任客座教授四年，我们谢绝了四年客座教授的任期，只答应第二年（1991年）到该校讲学半年。对没有移居国外，我们不仅不后悔，而且为之庆幸，因为我们在国内多少可以为我们的人民做点事。二十年过去了，可以扪心自问，我们是在为中华民族的学术文化事业，为中外学术交流，做了我们力所能及的事。我们在国内外学术界有许多朋友，我们是幸福的。

原收入《同行在未名湖畔的两只小鸟》，西安，太白文艺出版社，2005

辑二

我是从哪里来的?

我想,一个四五岁的孩子大概不会去考虑"死"的问题,却会对"生"提出问题。我记得,在我四五岁时,常常会问我的母亲:"我是怎样生出来的?"母亲往往是避而不答。但孩子的好奇心促使我不断地提出这样的问题。母亲就回答我说:"你是从我的肋下生出来的。"于是我也就深信不疑了,以为"生"就是如此地"生"了。后来我渐渐了解到,中国的母亲一般都是这样来回答自己幼小的子女的。这是为什么呢?

照中国的传统习惯,有关男女之间的"性"的问题,父母是不应对自己的幼小子女讲说的,因为男女之间的"性生活"以及孩子是如何由父母的精子与卵子构成等等,都被认为是"不洁"之事。我想,这种思想大概是由长期的民间风俗习惯所形成的,但也可能与儒家的"礼教"的影响有关。

我们知道,在中国历史上一直有所谓"感生"故事,用现代的话说就是所谓"无性生殖"。汉朝的许慎《五经异义》引《春秋·公羊传》说:"圣人皆无父,感天而生。"意思是说,圣人没有父亲,只有母亲,他的母亲是感应大自然的灵异而生圣人。例如，在中国的传说中，伏羲氏是由他的母亲踏到了一个大脚印而受孕出生的；帝尧的母亲由于感应到雷电而生尧。像这种神话传说故事在中国古代文献中有不少记载。这无非是为了把历史上的（或传说中的）圣人神化。这样一种神话传说故事，在民间的影响就是把男女之间的性交之事回避了，而不愿孩子们过早地了解男女的性交问题。

中国的神话和传说虽然不如西方丰富，但它却有其自身的特点，或者是把历史上的人物神话化，如上面说的帝尧之母感雷电而生尧；或者把神话历史化，《庄子》书中记载了不少神人，这些神人渐渐在历史文献中似乎就变成了真人真事了，特别是在儒家思想影响下更是如此。例如，在《纬书》中，圣人孔子就被加以神化，似乎成了无所不能的神人。

小妹到哪里去了？

我原来有两个妹妹。一个我把她叫大妹，比我小一岁多；另一个把她叫小妹，比我小三岁。在我六岁时，小妹因患痢疾死去了，是死在医院里的。在小妹住院期间，我也去看过她一两次，但常常是母亲一人去看她，因为怕我被传染。因此，我常常问母亲："小妹什么时候回家？"母亲总是回答："她的病快好了，过几天就回家。"后来，母亲常常哭泣，我不知为什么，当再问她"小妹什么时候回家"时，母亲向我说："小妹不回来了，到天上去享福去了。"这是我最初接触到"死"的问题，当时我觉得"死"并不可怕，不过是到另外一个比我生活得更好的地方去了。

中国古代的文献中有着不少的关于"死"后到另一世界的记载。最早的记载也许是在古代的诗歌集《诗经》中，其中有一首诗叫《大雅·下武》，文中有一句"三后在天"，是说周武王的前三代太王、王季、文王，说他们死后魂灵都到天上去了。《神仙传》中记载着一段故事说，汉初的淮南王刘安服食了仙药，并把药倒在他的房子周围，这样不仅他自己而且在他房子里的鸡犬也一起升天了。在 1973 年长沙马王堆出土了一批重要文物，其中有一张帛画，上面画着三重世界，最上重似乎是天上，中间一重似乎是人间，最下一重似乎是地下（但并不像后来那种可怕的地狱），每重世界里都有人物。我们知道在汉朝的文献中已说人有"魂"和"魄"，在人死后"魂"归于"天"；"魄"归于"地"，我想那幅帛画大概是反映这种思想。在我国的古代文献记载中，许多英雄历史人物或传说故事中的人物，如黄帝、老子、真武大帝、魏存华（女仙人）都有"白日升天"或死后到天上世界的故事。传说中，中国人的始祖黄帝，由于他在涿鹿地方和另一部族领袖蚩尤打了一仗，并且取得了胜利，据《史记》记载，在黄帝取得胜利之后，为了庆功，在荆山脚下铸了一个宝鼎。鼎在中国是权力的象征。为了祝贺宝鼎铸造的成功，召开了盛大的庆功大会，天上诸神和八方百姓都来祝贺，热闹非凡。在庆功会的仪式进行过程中，从云中探下来一条大尾巴，黄帝知道这是来迎接他上天的，就抓住这条神龙的尾巴，上到龙背，升上天了。所以在中国古书上常常把"死"解释为"归"，也就是说"死"无非是"归天"罢了，并不可怕。我们如果读《庄子》或《列子》就可以读到，庄周和列御寇这类的思想家把"生死"看成无非是气聚和气散，气聚就生成为人，气散而死归于"太虚"。东晋时张湛在《列子·杨朱篇目注》中说："夫生者，一气之暂聚，一物之暂灭。暂聚者，终散；暂灭者，归虚。"张湛认为，有生命的东西（或者说在现实世界中存在着的东西）只是气的暂时聚合。暂时聚合的东西终究要消散；暂时有精神生命的东西终究又会回到"太虚"之中。张湛还进一步认为，人如果了解了"暂聚者，终散；暂灭者，归虚"，那他就对"生死"的问题有了正确的认识，而不会去执着暂时的生灭聚散的现实世界中的一切，而可以超脱生死，也不会对"死"有所恐惧了。而庄子也认为，"生"是气之聚，"死"是气之散，因此人对"生死"的态度应该是"生时安生，死时安死"。这种中国传统的思想看法，往往也影响着一般人对"生死"的看法，认为"死"是"归天"，或者是到天上去享受比人间更美好的生活。

人是不是能像花草一样再生？

　　我和大妹从小在一起玩，她很喜欢向我提一些有意思的问题。大妹并不聪明，读书平平，但有时会有些奇想。1939年底，由于抗战的原因，我们从北京（当时叫"北平"）迁到云南省，开始住在离昆明市百余里的宜良县，为的是躲避日本飞机的空袭。宜良风光秀美，民风淳朴，至今回想起来，我仍然非常向往那个地方。大妹养了几只小鸡，她天天自己喂它们，但不久小鸡因受瘟疫而死了，大妹自然非常伤心，一个人坐在院子里哭，我对她的各种安慰都没有用，例如把我最喜欢的铅笔刀送给她，这是她平时想要也要不到的，也无济于事。后来她突然停止了哭泣，并且对我说："小鸡是不是会像花草一样，今年死了，明年还会长出来？"当时我想也没想就回答她说："小鸡明年还会再生出来。"

　　我们那时都还只是十岁刚刚过的孩子，但这种"再生"的观念可以说早已根植在我们思想之中了。我记得，早在北平时，我们家的车夫老李常常给我和大妹讲故事，他讲的故事大概都是从看京戏或看中国古典小说中得来的。在他给我们讲的众多故事中，有一个深深印在我的心中。这个故事的大意是说：有两个秀才死后到阴间，阎王爷（管生死的地狱之王）出题考他们，题目是"一人二人，有心无心"。这两个秀才中的一个答卷写道："有心为善，虽善不赏；无心为恶，虽恶不罚。"意思是说，一个人故意做好事，虽然做了好事也不应受到奖赏；一个人无意做了不好的事，虽然做的事不好，但也不应受到处罚。考官们都认为他回答得很好，于是阎王爷就下令说："现在河南某地缺一个城隍，你去吧！"这个秀才哭着对阎王说："你的好意，我不敢推辞，但我家有老母还在，没有人奉养，请准许在老母百年之后，我再去河南当城隍，可不可以？"阎王就让他的臣下去查"生死簿"。一查，上面就有这个秀才的母亲还有九年阳寿。在阎王和他的臣下犹豫不决时，关帝说："我看，就让这个秀才多活九年吧！"并且对那个秀才说："你本来应该立刻去河南当城隍的，现在考虑到你孝顺父母的心，给你九年假，到期再召你赴任。"于是，这个秀才就骑着马回家了。到家，好像从一个梦中醒过来。而实际上他已死了三天。他母亲听到棺材里好像有呻吟的声音，打开一看，秀才活了。九年后，秀才的母亲去世了，秀才跟着也就死了。由于秀才在生前把他死后到地府去了一次的事自己记载下来，我们才知道原来他有这样一番经历。车夫老李讲的这个故事见于《聊斋》，而且他省略了一些细节。据我想，这个故事大概是老李听别人讲的，他不见得自己看过《聊斋》。我们知道，在中国古代大概没有"再生""转世"这类观念，应该是在印度佛教传入中国后，受"轮回"思想的影响，才在民间和小说故事中出现的。这种故事虽然没有多大哲理性，但是在民间对"劝善惩恶"却能起一定作用。

在中国"再生""转世"的观念。在汉朝佛教传入之前，文献中没有什么明显材料记载。关于"劝善惩恶"的观念也不相同。在中国先秦的《周易》中有"积善之家必有余庆，积不善之家必有余殃"。中国传统原来只讲现世受报应或子孙受报应，而不讲"来世"受报应，因此在汉朝以前中国没有"来世"的观念，只是在佛教传入中国后，"三世报"（过去、现在、将来）才对中国社会观念发生影响。例如东晋时著名的和尚慧远在《三报论》中说："经说业有三报：一曰现报，二曰生报，三曰后报。现报者，善恶始于此身，即此身受。生报者，来生便受。后报者，或经二生三生百生千生，然后乃受。"这里把"善恶"问题和这辈子或下辈子、再下辈子以至百千辈子以后受到报应问题联系起来。如果人不能"修善止恶"，就要永远在轮回中受苦。所以印度佛教的因果报应之说的中心问题在于轮回，而轮回则与"来生"问题有关。

在中国古代虽有报应说，但无"来生"观念。道教是中国本民族的宗教，但它成为一种正式的宗教团体是在东汉佛教传入中国以后。道教有一部最早的经典叫《太平经》，其中有批评佛教的地方。在这部道教经典中提出与佛教"轮回"观念很不相同的"承负说"。《太平经·解承负诀》中说："力行善反得恶者，是承负先人之过，流灾前后积来害此人也。其行恶及得善者，是先人深有积蓄大功，来流及此人也。"意思是说，前辈人所行善事或恶事，在他活着的时候没有受到报应，而当他死后将会由他的子孙受到报应。这种"承负说"是和上面引用了的《周易》中所说"余庆""余殃"的说法是一致的。不过后来佛教在中国影响越来越大，到隋唐以后有些道教的派别也接受了"轮回"和"再生"的学说。

这里我们还要讨论另一问题，这就是道教中原来虽然没有"再生"的观念，但确有一种与其他宗教很不相同的观念，这就是"长生"的观念。对"长生"可以有两种解释：其一，"长生"是说"长寿"，认为人可以活得很长很长，如传说中有彭祖活了八百岁等等；其二，"长生"是说"长生不死"。道教是一种认为人可以长生不死的宗教。在道教正式建立成为宗教团体之前，战国时期已有所谓神仙方术之士，他们企图用种种方法解决人的"长生不死"问题。像秦始皇这位统一六国、建立秦王朝的君主也相信人可以长生不死，他曾听信方士之言，派人到海外三神山求长生不死的药。汉武帝也相信了方术之士李少君的话，派李少君为他炼制长生不死的药。道教实是继承了神仙家的这种思想，追求着"长生不死"。如果说，世界上其他许多宗教讨论的是"人死后如何"，那么道教却是一种讨论"人如何不死"的宗教。由于道教追求"人如何不死"，因此特别注重人的身体和精神的炼养，从而有所谓"外丹学"和"内丹学"。道教所追求的

"长生不死"的目标当然是不可能达到的，但为了炼养身体和精神的"外丹学"和"内丹学"对中国的化学、药物学和气功养生术的发展却起了重要作用。

我的大妹关于"再生"的问题，看起来是个幼稚可笑的问题。但却也涉及了中印文化之不同，可见小孩子的问题中也可以有大学问。我的大妹在十五岁时因患肾脏炎而离开了人世。她的死，使我产生了一种孤独的忧伤。这时我已知道，大妹不会"再生"，就像花草一样，今年开的花、长的草枯死了，到明年再开的花、再长的草已不是原来的花草了。

我真能相信宗教吗?

　　我高中没有读完，就回到昆明的家里读书，这时我对宗教的书和带有宗教意味的文学作品开始有了兴趣，从而由对前此"爱"的抽象理解而渐渐有了较具体的体会。我读了《圣经》，知道上帝对人类的爱，了解到耶稣之受难才是真正伟大的"爱"。我读佛经故事，最喜欢"投身饲虎"的故事。这个故事是说，大车国王幼子萨埵那见一虎产了七个儿子，已经七天，而老虎母子饥渴将死，于是生悲悯之心，而投身饲虎，以求"无上究竟涅槃"。这种舍身而完成一种理想的精神，净化着我的心灵。然而对我直接影响最大的外国作品，应该说是罗曼·罗兰的《贝多芬传》。《贝多芬传》开头引了贝多芬 1819 年 2 月 1 日在维也纳市政府的一段话："我愿证明，凡是行为善良与高尚的人，定能因之而担当患难。"而《贝多芬传》的开头一段话："人生是苦难的。在不甘平庸凡俗的人，那是一场无日无夜的斗争，往往是悲惨，没有光华，没有幸福，在孤独与静寂中展开的斗争。"照通常的情况看，我这样一个十七八岁的"大孩子"，为什么会有这种"人生是苦难"的想法呢？我至今仍然不能作出清楚明白的回答，也许是因为"少年不知愁滋味"吧！但是，从当时的情况看，整个世界和中国都处在苦难之中，世界反法西斯战争和中国的抗日战争正处在最后殊死战的1945年初，而那时对我们家来说又是我的大哥与大妹先后死去的日子，自然会有人生无常、世事多变的感受，而且一个内向的"大孩子"，大概比较容易产生一种"悲天悯人"的感情吧！这种"悲天悯人"的感情可以化为一种力量，那就是中国儒家所提倡的"杀身成仁""舍生取义"的"生死观"，一种承担"人生苦难"、济世救人的理想。

在我十七八岁时，虽然对儒家思想没有什么深刻了解，但《论语》《孟子》《大学》《中庸》等儒家经典还是读过一些。例如孔子所追求的"天下有道"的理想，孟子的"富贵不能淫，贫贱不能移，威武不能屈"的大丈夫精神以及后来一些儒家的"视死如归"的"杀身成仁""舍生取义"的气节，对我的潜移默化的影响大概是巨大的。因而，贝多芬那段担当人生苦难的话自然就深深地感动了我，这其实仍是我以某种儒家思想心态接受西方思想之例证。

我那时认为，我来到这个世界上，活着就应有一种历史使命感，应对社会负责任。如果一个人不甘于平庸凡俗，自然要担当起苦难，所以中国有所谓"生于忧患，死于安乐"的说法。从古至今有儒家精神的仁人志士都是对自己国家民族的兴衰和人类社会的幸福十分关怀，往往有一种自觉不自觉的"忧患意识"。这种"忧患意识"不是为着一己的小我，而是为着国家民族的大我，因此可以为着一个理想的目标，舍生忘死。在这个时期，我常问自己："为什么活着？"我很自然地回答：是为了爱人类、爱国家、爱民族而活，并愿为之而奋斗。当然，我那时的这些想法都是空洞的、没有实际内容的，甚至可以说是十分幼稚可笑的。但这些思想感情对我一生说仍然是宝贵的，因为它无疑是我们中国人传统思想文化中应受到珍视的一部分。

1945年欧洲取得了反法西斯的胜利，随之中国的抗日战争也于这年的8月取得了胜利。为此，对我这样将要入大学的年轻人当然是欣喜若狂。特别是在我思想中的那些历史使命感和社会责任感驱使着我，幻想着中国定会有一个光明美好的明天，自己将有可能为我们多灾多难的祖国建设尽一份力，好像我的生命中将会充满多姿多彩的花环。但是，进入1946年，一切都令人失望，一切希望都如肥皂泡一样破灭了。国民党政府的腐败、贪污和无能暴露无遗，国民党为争夺抗日战争胜利的果实与共产党打起了内战，人民仍然在水深火热中煎熬。面对这样的现实，我这样一个全然无实际人生经验的青年人，好像在极度兴奋中被浇上了一盆冰凉的水，把我的理想（实际上是一些空洞的幻想）和抱负全打破了。看看我的父辈们（西南联大的教授们）虽然还在为国事奔走，但国共两党的内战越打越烈，因而这些教授先生们也日益感到他们对中国的前途是无能为力的。这样一种理想与现实的差距，使我这样感情深沉、思想内向的青年人很容易在思想上走向另一个方面。这就是转向中国传统文化中的道家思想。

在《庄子》一书中记载着关于"死生变化"的故事，故事说：庄子的妻子死了，而庄子却鼓盆而歌；子桑户、孟子反、子张琴三人是好朋友，后子桑户死了，孟子反和子张琴两人或编曲，或鼓琴，"相和而歌"，像这种故事还有不少。因为照庄子看，对生死问题应该取"生时安生，死时安死"的态度，生不过是气之聚，死不过是气之散，都是一种自然的现象，没有什么可悲伤的。而像"生死"这样的变化，可以说是人生中最大变化，如果能对这种最大的变化不以为意，那么就可以得到精神上的自由。所以在《逍遥游》一篇中，庄子认为，人不必去管那些自身以外的事，这样才可以逍遥游放于自得之场。这种只追求自身的逍遥游放的人生态度对中国知识分子也同样有着深刻的影响。从中国知识分子的生活道路看，常常是开始时对生活抱着一种积极入世的态度，在生死问题上是以"死有重于泰山"和"死有轻如鸿毛"来分别"生死"的意义，为社会理想而死就是"重于泰山"。知识分子对社会都有着一种强烈的责任感。但往往由于社会政治或个人遭遇的原因，理想一个又一个地破灭，逐渐对世事感到失望，而采取道家"顺应自然"的生活态度，从而把"死"看成不过是"休息"。像我这样的青年自然也摆脱不了中国知识分子的通病。由于深感社会的黑暗和自己对社会的无能为力，从而觉得道家思想可以帮助我得到一种安身立命的境地。于是有一个时期，我就不再去考虑那些如何改造社会以及人类前途命运的大问题，而认为只要自己能取得一种精神上的自由就可以了。因而对"生死"问题的态度也随之一变，采取一种并不在意、顺乎自然的态度。这一时期我特别喜欢读受道家思想影响的大诗人陶渊明的诗。其中他的那一首《形影神赠答诗》最后几句是："纵浪大化中，不喜亦不惧。应尽便须尽，无复独多虑。"人生无异于在宇宙之大化中漂流，生没有什么可喜的，死也没有什么可怕的，一切都应自自然然，对生死这样的问题根本没有去过多地考虑的必要。我喜欢这几句诗，它对我一生的人生态度和"生死观念"都或多或少、或隐或显地有着影响。

但是尽管在这种思想情绪占主导的情况下，在我的思想深处仍然潜存着那种应对社会尽责尽职的责任感。"我真的能不管世事而逍遥吗？""我真的能如庄子那样把死看成是一种休息吗？"这些都是我常常问自己的问题。在中国知识分子身上常常具有两种矛盾的性格：一是具有强烈的社会责任感；一是顺应自然的避世逍遥的思想。有时前者占主导，有时后者占主导，这常常是随着所处的环境和个人的机遇而有所不同的。我希望有庄子那种逍遥游放的自由自在的精神境界，而我又往往因感到自己对社会无所作为而苦恼。作为中国的一个青年知识分子就是在如此矛盾的心境中生活着。

对于中国社会，特别是对于中国知识分子，除了儒家和道家思想有着重要影响外，佛教同样也有着重要影响。我接触佛教有着深刻的家庭原因。我的父亲虽然不是佛教信徒，但他是一位研究中国佛教史的学者，并对在中国历史上的高僧大德有着一种人格上的崇敬，这可以从他那部在中外学术界有着重要影响的《汉魏两晋南北朝佛教史》中看出。在我家里有相当数量的佛教方面的藏书，因此我有机会可以接触到这些佛教书籍。1946 年我进入北京大学先修班，1947 年又进入北京大学哲学系，那时我不过是十九、二十岁的年轻人，当然对佛教的那些深奥的道理不甚了解，不过佛教的一些基本观念，特别是一些对中国社会生活有影响的佛教思想，我还是了解一些的。1947—1948 年正是中国社会发生急剧变化的时期，内战越打越激烈，人民在苦难中挣扎，多少生离死别的悲惨的事天天发生着，不知有多少无辜的人死去。这使我愈发感到"人生无常"，而觉得佛教所说的"人生如一大苦海"是不无道理的。照佛教看，人生有"八苦"：生、老、病、死、爱离别、怨憎会、求不得、五阴盛。如果你不能觉悟，即不能克服自己的"无明"，那么你就会在"苦海"中轮回，受着"八苦"的束缚，而不得解脱。如果你觉悟了，那就可以脱离"苦海"，而到"西方极乐世界"。这些通俗的对佛教道理的解释，虽然我不会全然相信，但又觉得它也能解释某些社会现象，会对人们的生死观念发生影响。至于佛教中如般若学、涅槃学、唯识学等等深奥的理论，我知道得很少，依我的知识水平，常常处于似懂非懂之间。

1947 年是中国社会最悲惨的年头之一，国共两党的内战打得难分难解，人民生活痛苦万分，大学教授的衣食甚至都成问题，一般老百姓就更不用说了，就在当时的北平街上也常可见饿死和冻死的人。我们家虽然还过得去，但也大不如以前了。那时北京大学复校由昆明迁回北平。父亲在1947年暑假前后赴美国加州大学（伯克利）教书去了。在这种情况下，我得以自由自在地阅读他的佛教藏书。一日我读《般若波罗蜜多心经》，这部佛经虽只有短短的二百余字，但对它的注释却有几十种，可见它非同一般。我虽再三苦读，但仍未解其中真谛。只知经文主旨在证"一切皆空"。不过于此，我也似有所得。我想，如果"一切皆空"，那么"苦"是不是也是"空"呢？如果"苦"是"空"，那么"八苦"对人来说也就没有意义了。这样佛教所谓的"人生是一大苦海"的命题很难成立。我想死去的亲人或许他是脱离了苦海，但活着的人则会因失去亲人而痛苦呀！例如，我的大妹的死去使我长久处在对她的思念之中，有时甚至想着能在梦中与她相会，但一次也没有这样的梦，这难道是"求不得苦"吗？我也曾读过中国佛教禅宗的《坛经》，从字面上看似乎比《般若心经》好懂，但其中的深妙奥义，则绝非像我这样没有什么生活阅历的人可以了解的。禅宗以"无念为宗"，我当时认为它的意思是说，你不去想它那就什么对你都没意义了。其实这是对禅宗的误解。人怎么能什么都不想呢？何况在我的思想中无疑仍然深藏着儒家思想的影响，认为人生在世，不能只求自己从"苦"中解脱出来，而应关注世事和他人。因此，"生死"问题并不一定是人生中的大事吧！而对社会尽责，对人类作出贡献才更重要吧！由此可见我往往是不自觉地站在儒家立场上对佛教提出某些也许不是问题的疑问。这时我写了一篇短文叫《论死》和一首不成为诗的小诗题名为《死》，可惜短文已遗失了，而诗却还被保存下来。

我的短文的意思是说：人生虽然是苦难的，而人们都希望能摆脱这种苦难。可是在人的一生中，照佛教看人生"八苦"是在所难免的。这样就有一个对"苦"的不同态度。我当时自以为，我之生是为别人而生，死也应为别人而死。人活着就像燃烧着的蜡烛一样，它可以燃烧发出小小的火光，这样只能照亮自己，至多可以照着周围很小的圈子；但蜡烛也可以烧得很旺，火光大大的，这样就可以照亮很大的范围。我希望我作为一支烧得很旺的蜡烛，能用我的光照亮更大的空间，给别人欢乐和幸福，而快快燃烧完，以我的消失而有益于他人，减轻别人一些痛苦。这篇短文当然是一篇年幼无知的浪漫幻想曲，但那时我却是真诚地那么想的，这就是我那时虽受到佛教思想影响，而又潜存着浓厚的儒家思想影响的"生死观"。

我当时虽在北京大学哲学系就读，但我仍然喜欢文学。在北京大学选修课程很自由，你爱听什么课就可以选什么课。我当时学的课很杂，除哲学系的课以外，我选了"中国建筑史""英国文学史""西方文学名著选读"（读的是英文本的希腊悲剧到莎士比亚的剧本），我也常看文学方面的杂志。当时中国有名的杂志叫《文学杂志》，是由美学理论家朱光潜主编的，几乎当时所有著名文学家、诗人、文学评论家等等都不断为这份杂志写文章。这本杂志，我每期都读，而且常常把自己的感想记在笔记本上，但在 20 世纪的中叶由于中国知识分子所遭受的磨难，我的笔记本早已被我烧掉，以免作为被批判的把柄，但有幸这套杂志却还保存下来。在第三卷第三期中保存着我前面提到的那首小诗。

在这一期中刊载有诗人林庚写的一首诗，题目叫《活》，我读后觉得他对"生死"问题没有彻悟，于是我就在同页上也写了一首题目叫《死》的小诗，现在我先把林庚的诗抄录在下面，然后再抄录我的那首在一定程度上表现我的"生死观"的小诗。

活

我们活着我们都为什么
我们说不出也没有想说
今年的冬天像是一把刀
我们在刀里就这样活着
明天的日子比今天更多
春天又来了像一条小河
流过这一家流过那一家
春天的日子像是一首歌
我们不用说大家都知道
我们的思想像一个广告

死

（一）

第一天我认识了死亡

就像母亲生我真实一样

没有半点踌躇

我接受了这个现实

把它安置在应有的位置上

这样

我开始了生活

我长大我变了

终不能毫无介意

因为我知道了它的结局

（二）

谁带给我一阵欢乐

难道死亡是痛苦

谁不信

春天死了

来的不是夏日

谁不信

母亲生我

在世上就要增加一座坟

从 1945 年到 1948 年是我由少年步入青年的时期。我想，这一段对每个像我这样的青年人非常重要，它不仅是求知欲最旺盛的年岁，而且是最富于幻想的一个人生阶段，至少对我是这样。我读了很多书，中国的、西方的、印度的，古典的、现代的、哲学的、文学的、宗教的，等等。我思想过种种问题，除了"生死"问题之外，我还考虑"宇宙是有限的，还是无限的"，"灵与肉是矛盾的，还是和谐的"，"真善美是对立的，还是统一的"，而我想得最多的是"爱"的问题，我为"爱"而生，我也愿为"爱"而死，我"爱"一切善良的人。当时我爱着一个女孩子，我和她通信，但很少见面，而见面时又很少说什么。我们在通信中主要讨论的是"人类之爱"的问题。我们爱着人类，并为人们所遭受的苦难而痛苦，但我们几乎没有谈到我们之间的"爱"。我虽爱她，她却并没有也爱我的表示。可是她常把她的日记抄寄给我看，她在一封信中说："每次看到你的信，我都很激动，我不能失去你的友谊，我们的通信比我们的见面或者更美好。"后来由于 1949 年中国社会的剧变，我们没有再联系。我知道，她上大学后参加了基督教团体，这使我想到我曾读过的安德烈·纪德的《窄门》。

我非常喜欢纪德的《窄门》这本小说，"窄门"是从《圣经》的一句话来的："引到永生，那门是窄的，路是小的，找着的人也少。"（《马太福音》第七章第十四节）故事说的是两个极富宗教热情的青年介龙和阿丽莎相爱，他们在情书中相互勉励，希望离上帝更近。阿丽莎在与介龙柏拉图式的爱情交往中，她的带着神秘主义色彩的信仰不断发展，最终相信通向天国的"窄门"确如《圣经》所说不能容两人同时通过，认为自己爱上帝更甚于爱介龙，并且相信介龙也是如此，然而介龙并非像阿丽莎所想的那样。我有《窄门》这本书的英译本，其中介龙和阿丽莎最后一次见面的情景常常浮现在我的脑中，而对这一段文字我特别爱好，常常翻出来，反复读它。

　　门已经锁上了，但里面的门闩并没有插牢，一推就开。我用肩胛轻轻将门顶开，正要往里闯……就在这时，我听到一阵脚步声，连忙跑到墙的拐角里躲了起来。

　　虽然我并没有看清从花园里出来的是谁，但凭着声音和感觉，我知道这是阿丽莎。她向前走了两步，轻声唤道：

　　"是你吗，介龙？……"

　　我激动得一句话也说不出来，仿佛心脏都停止跳动了。她见没有动静，便大声重复一句：

　　"介龙，是你吗？"

　　听着她那情真意切的呼唤，我再也控制不住内心的激动了，一下子便跪倒在地上。她见我没作声，便向前走了几步，绕过墙的拐角，向我走来。我突然感到她就在我面前——我用手捂着脸，不敢马上看她，过了好一阵才将她那柔弱的手捧起来狂吻。她俯下身来对我说：

"你干吗藏起来？"她说得那么简单，就好像三年分别只是几天前的事似的。

"你怎么知道是我？"

"我一直在等你。"

"等我？"我感到非常意外，不由得带着疑问的口气重复了一句。

她见我仍然跪在地上，便说：

"我们到长椅那儿去吧。……是的，我知道我还会见你一面的。最近三天，我每天晚上都到这里叫你的名字，就像今天晚上一样。……你为什么不答应？"

"要不是被你撞上，我可能连见都不见你就走了。"我冷冷地说，尽量克制着内心激动，不让自己像开始时那样垮下来。

"我只是路过勒阿弗尔，我打算到林荫路上走一走，围着花园绕一圈，再到泥灰场里那张长椅上歇一会儿，因为我想你有时还会来坐一坐的。然后……"

"你还是看看我这三天晚上读的是什么吧！"她打断了我的话头，将一包信件递到我手中。我认出那些都是我从意大利写给她的信，直到这时我才抬起眼睛看她……

太阳就要落山了。忽然一片乌云飞来将它挡住，过了一会儿它才重新出现在地平线上。落日余晖给空旷的田野镀上了一层金碧辉煌的色彩，一时间竟把我们对面那个狭窄的山谷照得透亮。我默默地望着这迷人的景象，直到太阳已经消失了，我还呆呆地望着，仿佛身上仍旧沐浴着金色的霞光。我感到自己满脑子怨恨全都烟消云散了，只觉得心中充满了爱。

　　我为什么抄写《窄门》中的这一段。这是因为我认为，我曾经爱过的那位女孩，也许和阿丽莎一样，她相信"那门是窄的"，不能两人同时进去。当然可能我的这种想法是全然错误的，但我愿自己是真诚的作如是想。我多次读上面引用的那一段，当我每次读时都止不住落泪。上面那一段是介龙和阿丽莎的最后一次见面，而后不久阿丽莎就离开了人间。阿丽莎执着地相信那通往天国的门是窄的，路是小的，她真诚地相信爱上帝和爱介龙是不能并存的。读这一段我虽很感动，但我并不能理解。因为我没有如阿丽莎那样的信仰，我也没有如介龙那种对"爱情"的执着。我想，《窄门》的故事给我的启示，是一种对人类的爱，是对自我道德完善的追求，是一种对"悲剧美"的欣赏，和对宗教虔诚气氛的感受。像我这样一个知识青年，尽管会在阅读西方文学、哲学、宗教作品时，欣赏西方文化，而且会努力去理解和吸收，但是我毕竟没有信仰宗教的背景，因而对阿丽莎的思想、感情和行为很难有深切的理解。

　　我虽然不信仰任何宗教，但我尊重我所接触到的宗教，我欣赏我所接触到的宗教，例如佛教和基督教。我爱好佛教深奥的哲理，我喜欢基督教的智慧。佛教要解救人们脱离"苦海"，达到涅槃境界，并提出一套修持的方法，对人类社会生活，给人们一种"超生死，得解脱"的精神力量，无疑是人类的精神财富。基督教的"博爱"和"在上帝面前人人平等"以及它的三大形而上学论证"上帝存在""灵魂不死""意志自由"，给人们一种超越自我的向善动力，当然同样也是人类的精神财富。这些都给我重要启示，丰富着我对"生死"问题的看法。这是毫无疑义的。"生死"问题从一个方面说是医学、生物学方面的问题。但是对"生死"的看法却又是哲学、宗教等所关切的"终极关怀"的问题。因为一个人的"生死观"往往受着不同文化传统和个人不同文化背景的影响而与他人形成相当大的差异，而且一个人的一生由于环境的变迁和思想的变化以及个人遭遇的影响而也会有所变化，也是常有的事。我作为一生长在中国的青年人，在当时的条件下，虽然有机会读一些西方的文学、哲学、宗教的书，但中国传统思想文化无疑对我的思想影响会更强大。特别是我的家庭，又是属于所谓"书香门第"，中国文化的"生死"观念在潜移默化中早已根植在我的思想深处了。而 20 世纪的中国的知识分子，如果不是"国粹主义"者，对西方文化是不会取排斥态度的，何况我父亲又是在美国大学里待过近五年呢！就中国文化本身说，往往也是可以兼容并包的，儒、道、释三家的思想虽不相同，但常常形成一种互补的状态，而何况这三家在唐宋以后就形成了一种合流的趋势呢！就我的气质说也许更近于儒家，但就我的家庭影响说，在我的思想中无疑也包含着道家和佛教的成分。这就是说，我的"生死观"大体上是儒家思想为基础，而吸收了若干道家和佛教的思想，同时西方的某些思想也不能说对我毫无影响。从当时中国的客观环境说，中国社会正处于一生死存亡的大变局中，对许多人说，"生"很艰难，"死"却又那么容易，敏感而喜欢思考的青年人对"生死"问题大概不会不去考虑吧！特别是那时我学问虽浅，而自视甚高，觉得自己可以成为一个哲学家，而哲学家必须要考虑"生死"这一类的终极关怀的大问题。

那时，我实是无知，而却狂妄；我实是渺小，而却自大；我实是浅薄，而却自以为博大。不过上帝会原谅年轻人的，会让他们在生活中逐渐了解自己，逐渐了解社会，逐渐了解应该如何的"生"、应该如何的"死"。正如庄子所说，生死是人生中最大的变化，能对这一问题有所悟者有福了。

理想与现实必定是矛盾的吗？

　　如果说我的童年是安详而平静的，我的青年时期是充满幻想和浪漫的，那么我的中年则是在提心吊胆中度过的。1949 年，中国共产党在全中国范围内取得了胜利，建立了中华人民共和国，使我们这些青年人的大多数欣喜若狂。很快我们接受了马克思主义，相信了共产主义是人类最美好的理想。马克思主义的共产主义为我们描绘了人类绝妙的美好的未来，共产主义将使每个人的个性得到充分的发展，并享有完全的自由，在生活上是"各尽所能，各取所需"，在那个社会里没有剥削、没有压迫，人人得到真正的平等。当时我是真诚地相信了这些，这中间有两个重要的原因：

　　第一，百多年来，我们的国家一直受着西方列强和日本军国主义的欺侮和压迫，中国人经常受到外国人的侮辱，真是"是可忍也，孰不可忍也"，但在 1949 年政权改变之后，首先使我感到的是"中国人民站起来了"，可以不再受西洋人和东洋鬼子的气了，不会再有"沈崇事件"了。这样一种深刻的感受，我想是当时许多知识分子和青年学生自愿地和半自愿地接受共产主义理论的原因，这点和中国知识分子具有的一种特殊的"爱国主义"情结是分不开的。

第二，在政权建立之初，一些共产党的干部还是比较廉洁的，同抗日战争胜利时，国民党官员接收北平，抢房子、抢汽车、抢金条等等腐败现象相比，感觉上真有天壤之别。如1951年初我从北京大学哲学系毕业，被分配到中国共产党北京市委党校当教员，我和已经参加中国共产党有二十多年的校长，住的、吃的和穿的都差不多，生活虽然很清苦，可是上上下下都不以此为苦。当然还有一个很重要的原因，那就是当时出版的中国的小说和翻译的苏联的小说、中国的电影和苏联的电影对我们这些青年有着深刻的影响。例如《刘胡兰》这部电影描写刘胡兰在敌人面前宁死不屈，苏联电影《乡村女教师》对自己事业的崇高献身精神，《蜻蜓姑娘》中的那位姑娘对待美好生活的乐观精神和开朗性格，以及苏联小说如奥斯特洛夫斯基的《钢铁是怎样炼成的》、法捷耶夫的《青年近卫军》、西蒙诺夫的《日日夜夜》等等，这些作品所表现的对祖国的热爱、对共产主义理想的忠诚和舍生忘死的精神，使我们这些青年深深地感动了。这使我原来那些"生死"观念受到巨大的冲击，改变着我对"生死"的看法，使我认为像刘胡兰、保尔·柯察金等等的人的"生"和"死"才是真正的人的"生"和"死"。特别使我到现在还不能忘怀的是捷克共产党员伏契克在1943年被德国法西斯杀害前写的《绞刑架下的报告》。这本书我读了不止一遍，其中有这样一段：

我爱生活，并且为它而战斗。我爱你们，人们，当你们也以同样的爱回答我的时候，我是幸福的。当你们不了解我的时候，我是难过的。我得罪了谁，那么就请你们原谅吧！我使谁快乐过，那就请你们不要忘记吧！让我的名字在任何人心里都不要唤起悲哀。这是我给你们的遗言，父亲，母亲和妹妹们；给你的遗言，我的古丝妲（引者按：古丝妲是伏契克的妻子）；给你们的遗言，同志们，给所有我爱的人的遗言。如果眼泪能帮助你们，那么你们就放声哭吧！但不要怜惜我。我为欢乐而生，为欢乐而死，在我的坟墓上安放悲哀的安琪儿是不公正的。

这种热爱生活、热爱人类的人道主义，为理想而献身的英雄主义精神，"为欢乐而生，为欢乐而死"的乐观主义的伟大胸怀，深深地感动着我。每当读到这里，我禁不住热泪盈眶。在我读过伏契克等人的作品之后，好像自己思想豁然开朗，因而觉得自己过去不过是在一个自我封闭的小天地中，走不出来。而伏契克他们才是真正地为他人、为理想、为了一种崇高的目标而努力奋斗，以至于牺牲了自己的生命。我希望我自己也能像伏契克那样，热爱生活、热爱人类、热爱自己的理想事业。因而我为过去那些对"生死"的看法感到羞愧。任何人都应像平常人一样，有着一颗"爱心"，"为欢乐而生，为欢乐而死"，默默无闻地做自己能做的事，不要去故意追求什么"名声"。

由于当时我深信共产主义的理想，在 1950 年爆发的朝鲜战争中，我和包括后来我的妻子乐黛云在内的八名新民主主义青年团团员报名参加抗美援朝的志愿军，我们是北京大学第一批、大概也是全国大学生中的第一批要求上战场的青年大学生。我们都抱着为祖国而战和光荣牺牲的决心。然而学校的领导并没有批准我们去朝鲜战场。这当然使我们大失所望。就这点看，由于外在环境的变化，特别是谁也弄不清的共产主义理想的巨大威力，它可以在短短的一两年中使我对"生死"的看法发生了不可想象的变化。也许当时不是生活在中国大陆的青年人（甚至中年人、老年人）很难理解我的思想的这种转变。这使我想到了一句中国佛教禅宗的话，"如人饮水，冷暖自知"，没有生活在当时中国大陆社会环境中的人当然很难体会我们的感受。像我这样的青年，很多人都认为自己似乎得到了新的生命力，都觉得共产主义的理想将经过我们的不懈奋斗，由我们这一代来完成。我们是为着共产主义的理想而生，我们也会不顾一切地为这一理想事业而献身。

我为新中国的建立，为找到了一种可以信仰的理想——共产主义的理想，确实有好几年兴奋不已。在北京大学，我是学生又是新民主主义青年团的好干部；后来到北京市委党校教书，我又是教授马克思主义的好教员。但同时在我思想中也渐渐有着某些模模糊糊的疑惑。

从 1951 年起，一场又一场的政治运动不断，而且大多是针对知识分子的。当时，往往把 1949 年前没有参加共产党革命工作的知识分子统称为"资产阶级知识分子"，作为批判、审查的对象。1956 年 10 月，我由中共北京市委党校又回到北大当教员。1957 年春，由于苏联批判斯大林，东欧也发生了对现政权的批判，"社会主义阵营"的一些国家出现了某种"解冻"的现象，这对中国大陆特别是知识分子和青年学生不会不发生影响。在这种情况下，中国共产党和毛泽东提出了在文艺和学术上的"百花齐放，百家争鸣"的口号。我们这些毫无政治经验的知识分子以为学术研究的春天真的到来了。许多知识分子和青年学生抱着爱护国家的目的，提出了现在看来是正确的意见和建议，但大概谁也没有想到这是用来"引蛇出洞"的"阳谋"，从而把几十万知识分子和青年学生打成"右派"。这无疑是中国历史上最大的冤案。我的妻子也被打成"右派"，我也因与她划不清界线而受到"严重警告"处分。这样一场剧变，沉重地打击了中国知识分子，使大批知识分子包括我都处在终日惶惶不安之中，从而产生了哈姆雷特的"生呢，还是死呢"（To be or not to be）式的问题。如果说，在此以前我对"生死"问题只是我的一种看法或者说是一种思想观念，而到 1957 年后对我就逐渐变成一个要面对的现实问题了。在 1957 年的"反右斗争"中，一些知识分子和青年学生自杀了，或者因不服"罪"而被投入监狱或被枪杀了。而到 1959 年至 1961 年，由于自然的原因和政策上的错误中国社会发生了大饥荒，很多人失去了生命。1966 年以后的十年在中国大地上发生了完全失去理性的文化大革命，在这期间被活活打死的、自杀的和在由领导层争权夺利而挑起的平民老百姓的两派斗争中"战死"的，又是不计其数。就以北京大学为例，不少著名教授和青年学生因不堪受辱而"自杀身亡"的至少有几十人。例如著名物理学家、原北大理学院院长饶毓泰自杀了，教务长崔雄昆跳湖了，著名历史学家、老共产党员翦伯赞在听说要"把冯友兰和翦伯赞养起来"后，他和他的夫人服毒而死。而青年学生自杀的，被打死的，被迫害致死的，也有不少。这里我只想举出一个典型的例子：北大中文系很有才华的女学生林昭，她的诗写得很好，1957 年她提出了很有见地的意见，被划成"右派"，由于不服"罪"而被投入监狱。在监狱中受尽折磨，生重病，生活不能自理，于是她的母亲就在监狱里陪她，照顾这一有美好心灵的女儿。这时林昭仍然不断写诗，对不人道的遭遇提出抗议，在文化大革命后期，她因"恶攻罪"而被处以死刑。在她被枪毙后还向她母亲要七分钱的子弹钱。难道这就是我们追求的理想？难道这就是千百万人曾为之奋斗的人类美好的未来？有良知的人能不对此三思，能不对此惊讶不已？文化大革命后，林昭的同学和朋友为她举行了一次追悼会，在青年林昭遗像两侧挂着一副挽联：上联只有一个大大的"？"，下联则是一大大的"！"。这就是在过去几十年中国知识分子对生活中"生死"问题的极具有真实意义的象征符号。如果说伏契克的理想是"为欢乐而生，为欢乐而死"，那么为什么在 50 年代后的相当长的一个阶段，中国人民特别是中国知识分子"生"得那么艰难，而又"死"得那么悲惨？为什么有的人（如翦伯赞）为"理想"不堪屈辱而自杀？为什么有的人为坚持"真理"而被杀？为什么"理想"和"现实"竟然如此之矛盾？回答这些问题是困难的，因为原因无疑是多方面的，但有一点现在也许是许多有良知的知识分子所都能想到的，那就是"以阶级斗争为纲"的"与人斗其乐无穷"的荒谬思想所得出的必然结果；是要"年年讲，月月讲，天天讲"的"斗争哲学"必然产生的悲剧。这一"以阶级斗争为纲"的"斗争哲学"，人为地挑起人们之间的仇恨，愚弄着人民，麻醉人们的良知，使人类所追求的"人道主义"精神逐渐丧失。这就是中国大陆 50 年代至 70 年代的现实。它实际上已经丧失和违背了人类的"理想"，人类真正的理想不应该在人们之间煽动"仇恨"，而应该在人们之间提倡"爱心"。"理想"不是"现实"，"现实"总也不会成为"理想"。如果理想成了现实，那也就无所谓理想了。但人类不能没有理想的追求，以便能存在有一点希望，在"大人物"造成的苦难中，得到一点安慰，获得某种"超越生死"的力量。我们不要失去自己的理想，它可以净化我们的心灵，提高我们的精神境界，使自己有个安身立命之处。

辑三

书香门第

　　我的童年是在平静、平常、平淡的状况下度过的。1927 年 1 月 15 日我生在天津，但我填写籍贯都填写我的祖籍湖北省黄梅县。是年，我父亲汤用彤（字锡予）正在天津南开大学任教授。我母亲张敬平是湖北省黄冈人，他们家是当地的大族，她的哥哥张大昕是民国初年的国会议员，后来做过汉阳兵工厂的督办之类。我这位舅舅是个藏书家，听母亲说他藏有两册《永乐大典》，本来要送给我父亲，但父亲没有接受。后来因一次大火，把他的书全部烧光了，如果我父亲当时接受了，那么现在世界上又可以多两册《永乐大典》了。听母亲说，在她怀着我的时候，有一次坐黄包车翻了车，手骨折断，但幸好把我保存了下来，否则这个世界上就没有我了。1928 年，我父亲又回到南京中央大学教书。在我脑海里有着一个模糊的印象，我们在南京住的是有院子的平房，大门是黑色的，当然，这也可能是后来听我母亲说的，而无论如何，这是我最早的记忆。

　　我的家，从我祖父起大概可以算是所谓"书香门第"。在我出生时，我的祖父汤霖（号雨三）已经去世十五年，而祖母梁氏还健在，她是 1938 年八十五岁去世的。祖父是光绪十六年的进士，据 1991 年新修的《汤氏宗谱》记载："霖，字崇道，号雨三，同治十一年（1872）洪宗师科试取入县第一名。光绪元年（1875）王宗师科试考取一等三名，补廪，梁宗师科试考取一等第二名，高宗师科试考取一等第二名，张宗师岁科试均考取一等第一名，光绪乙亥、己卯、戊子三科三膺房荐。己丑恩科中试举人。庚寅恩科会试联捷进士，官知县，晚号颐园老人。两次丁艰家居授徒，成材甚众，殁后门人私谥元贞先生。"又另处载曾历任甘肃渭源、平番等县知县加同知衔，历充丁酉、壬寅、癸卯等科甘肃乡试同考官。我父亲几乎没有和我谈过我的祖父，只是在 20 世纪 50 年代中国大陆发生了"反右派斗争"后，使我产生一种悲观的情绪，感到知识分子总是很倒霉的。有一次，我问父亲关于祖父的情况，他只是说，我祖父喜汉《易》，但没留下什么著作，平日爱用湖北乡音吟诵庾信的《哀江南赋》和《桃花扇》中的《哀江南》，并且把他收藏的一幅祖父六十岁生日时学生们为他祝寿的《颐园老人生日讌游图》给我看，其中有我祖父的一段约五百字的题词，和他的学生为他祝寿的祝辞，最近我在《汤氏宗谱》中还看到祖父的一些诗文。

在辛亥革命前，我父亲曾在北京顺天学堂读书，同学有梁漱溟、张申府等，辛亥革命后上了清华学堂。1918 年赴美国留学。1922 年回国后一直在大学教书。1930 年他应胡适之聘到北京大学做教授，以后一直没有离开北大，直到他 1964 年去世。

他的为人为学已有很多记载，钱穆伯父对他了解最深，在他写的《忆锡予》和《师友杂忆》中记载着他们之间的交往和深厚的友谊。

从小父亲就很少管他的孩子们，多半是母亲照顾我们。母亲可以说是一位典型的贤妻良母。我们的一切衣、食、住、行都由她操持，我不记得我挨过打。我印象最深的是，在"九一八"事变时，由于怕日本人打到北平，我们一家曾到汉阳舅舅家避难。有一天我在楼道里跑着玩，吵闹了舅舅，他就要打我的"板子"（打手心），我母亲就是不让他打，并且说如果他打我，我们就搬到汉口的姨妈家去住，我舅舅只好作罢。那时我姨父是湖北省财政厅长，叫黎澍，也可能还是湖北银行行长，这我已记不清了。我母亲是他们家中最小的，我舅舅和姨妈一切事都将就她，而我姨妈自己没有孩子，因此也最疼爱我。

"九一八"后，北平平静下来，我们又回到北平。我家住在南池子缎库胡同，前门是三号，后门是六号，是一座很大的房子，共有三个院子，前院、正院和后院，中间还包括一座两层的小楼。这时我们和我伯父汤用彬一家住在正院里，伯父也是民国初年的国会议员。后院的房子出租，不走前门三号，而走后门六号。前院，钱穆伯父初来北平时住过一段时间，后来成为我父亲的书房和会客的地方，他的《汉魏两晋南北朝佛教史》就是在那里完成的。正院是个三面有房子的四合院，在两厢房和正房间都有走廊相连，正房的东北角有座两层小楼，楼下是个大厅，我和我妹妹还有堂弟妹常在里面滚铁环玩。楼上有三间房子，父亲的研究生王维诚、王森两位先生都在楼上住过，他们那时是我们的家庭教师。

父亲虽然不管我们，从来不问我们的功课如何，当然更不管我们的衣、食、住、行，但他还是很爱我们，特别喜欢我妹妹汤一平，可以说他对我们很慈祥。他常和熊十力、蒙文通、钱穆等先生到中山公园的春明馆或来今雨轩喝茶，总是带着我和妹妹。父辈们喝茶、吃点心、聊天，我和妹妹吃完了包子就到处去玩。从1932年起一直到1936年，每年暑假，我们一家和伯父一家都到庐山去避暑，因为我们家在庐山牯岭大林路有三栋小楼房，我们常常住中间一栋。在楼前有一块大石头，像只大蛤蟆，我们叫它蛤蟆石，常常爬上去玩。这段时间自然是我们这些孩子最快活的日子了。这些日子，父亲每日看书、写文章，现在收入他文集中的《大林书评》就是他在庐山上写的。这就是说，我的童年生活是很平静的。

功课平平常常

我五岁开始上幼儿园，最初是在中南海边上的艺文学校的幼儿园，对这一段的事，我几乎什么也不记得了，只记得入园要换鞋。后来又转到孔德学校的幼儿园，因为它离我们家比较近。对在孔德小学的生活，我记得比较多，除了还要换鞋之外，现在还能唱出一两首当时学的歌。由于我比较内向，也不太合群，因此好朋友不多。我常和一姓苗的小女孩玩，听说她是苗可秀的女儿。我们俩常在滑梯的沙土坑里堆沙山，她说她是皇后，我是皇帝，当然当时我也不知道皇帝是什么样的人。既然她这样说，我也同意。在孔德我一直读到小学五年级，这时已是抗日战争爆发后的第二年。在孔德小学我的功课一直是中等，所以表现得很平常。在五年级时，我们增加了日文课，由日本人教，我们都很讨厌日文课，好像没有人好好学，别的功课我们都没有作过弊，但考日文，很多同学都把书坐在屁股底下，不时地拿出来抄，大作其弊。因此，我的日文虽然学了一年，但几乎什么也没有学到。由于不愿学日文，1939 年我转到灯市口的育英小学六年级，因为它是教会学校，可以不学日文，而学英文。从小学二年级起，我就爱看《三侠剑》、《七侠五义》之类的武侠小说。先是，我家的一位车夫念给我听，我越听越上瘾，后来我自己看，当然半懂半不懂，可是那些剑侠的打斗很吸引我。

1939 年底，我母亲带着我和妹妹、弟弟，还有邓以蛰伯父的孩子邓仲先、邓稼先一起由天津乘船到上海英租界，然后去香港，又由香港转越南的海防上岸，在河内住了几天，乘车由滇越路到云南去。因为我父亲那时在西南联大教书。这就是说，我并没有读完小学，因此也就没有拿到小学毕业证书。

1940 年，我们全家在云南团聚了，但是我的哥哥汤一雄于1939 年因在云南做盲肠切割手术，麻药中毒而去世。由于当时日本飞机常轰炸昆明，我们一家先住在离昆明不远的宜良县。这时住在宜良县的西南联大教授有好几位，有贺麟、郑昕、姚从吾、唐钺等。在此以前钱穆伯父也住过，不过这时他已离开西南联大到成都去了。宜良县是个风景秀丽、民风淳朴、有山有水、离著名的石林不远的小县。离县城五六里有一温泉，我父母常常带我和弟弟、妹妹一起到那儿去洗澡。这时我进了宜良县立中学初中一年级。当时学校的教员有一部分是西南联大在校生，他们来往于昆明与宜良之间，时常缺课，而我也不是一个用功的孩子，功课也就平平常常。

1941 年夏，我们家搬到昆明，先是住在离昆明城约十里的小村——麦地村一座尼姑庵里。这时闻一多伯父一家住在附近的司家营，金岳霖、冯友兰住在附近的龙头村。我进了西南联大附中读书，它是当时昆明最好的中学。由于宜良中学的水平不行，我没有考取初中二年级，只得降到初中一年级重读。联大附中要住校，因此每星期六我就和闻一多的儿子闻立鹤、闻立雕，还有一位同住麦地村的云南同学殷承祐一起回家。在假期我们四人常在一起玩，记得有一年暑假，我们相约到山上去"探险"，爬上了很高的山，沿路还偷地里的白薯、老玉米烧来吃，最后我们还放火烧山，一直玩到天黑，当然家里的大人都很着急，回家后我们都受到了不同程度的责难。我在联大附中，功课也很平常，但体育不错，还是排球校队成员，这时冯钟芸老师教我们国文，其中有些诗词，我最喜欢的是李后主的词。这期间我开始看小说，先是看巴金的《家》《春》《秋》等，也看《三国演义》《水浒传》《西游记》，好像还看了屠格涅夫的《罗亭》和《父与子》。到初二下学期，比我高一年级的余绳荪（余冠英的儿子）弄到了一本斯诺的《西行漫记》。于是我和余绳荪还有游宝谟（游国恩之子）、曾宪洛（曾昭抡之侄）、胡旭东在校外租了一间房子一起读。这本书深深地吸引着我们，同时我们又都很讨厌童子军教官吴能定，我们就一起研究，决定干脆到延安去看看。对我来说，我当时完全不是出于对政治有什么认识，而是出于一种孩子的好奇心。于是在1943年春，我们几个人各自从家里偷了一些钱或黄金做路费，先乘火车到曲靖，由曲靖搭"黄鱼"到贵阳。到贵阳后，我们都很兴奋，就一起住在一家小旅馆中，登记时都用我们的真名。住下后，我们就到外面小馆子吃饭，可是一回来就有几个黑衣大汉在等着我们，要我们跟他们走一趟，并要把所有东西都带上。我们都感到大事不妙，但也无法，只好跟着去，一带就把我们带到贵阳警备司令部，并且住在侦缉队里面的一间小房子里。幸好他们没有先检查我们的东西，因为我们还带着那本《西行漫记》呢！如果被查出就大为麻烦了。恰好我们住的小房是木地板的，在两块板之间有小缝，我们就把书一张一张地撕下，塞入地板缝中。第二天，警备司令部的一位参谋长之类的人找我们每个人谈话，首先当然是审问我们的头头余绳荪，接着一个一个问话。问我要到哪去，我说要去重庆读书，因为我有堂姊在重庆南开中学教书；又问我喜欢看什么书，我当然不会说我爱看《西行漫记》了，我说我喜欢李后主的词和巴金的小说等等。

又过了一两天，贵州省府秘书长郑道儒找我们一起"训话"，说什么"要好好念书""不要听信什么人的坏宣传""现在是抗日时期，要拥护党国和领袖"之类。这是我第一次听到这种官僚的"训话"。大约在警备司令部关了一星期，联大附中的教务主任魏泽馨来贵阳，把我们接回昆明了。当然，联大附中我们不好再回去了，大都转到云大附中去了，而我在家待了一段时间就真的到重庆南开中学去念书了。

《国史大纲》与《哀江南赋》

待在家里的那段时间，我对历史忽然感兴趣，首先是读了钱穆伯父的《国史大纲》，这本书可以说对我影响很大，它使我了解到我们国家有着悠久、丰富、辉煌的历史，特别是钱穆先生对祖国历史的热爱之情跃然纸上，使我十分感动，这种态度可能对我以后爱好中国历史和中国文化有着非常大的影响。由于我爱读一些诗词，这时已更爱读陶渊明的诗文了，那些"采菊东篱下，悠然见南山""此中有真意，欲辩已忘言""问君何能尔，心远地自偏""北窗下卧，遇凉风暂至，自谓是羲皇上人""泛览周王传，流观山海图"等等，在潜移默化中使我的性格中渐渐增加了爱"自然"和"自由"的因子。在我很小时，我就常听父亲用湖北乡音吟诵《桃花扇》中的《哀江南》，大概在我五六岁时也可以学着父亲用乡音吟诵《哀江南》了。这期间我也常听父亲吟诵庾信的《哀江南赋》。父亲看我爱读诗词，有一天从《全上古三代秦汉三国六朝文》中找出《哀江南赋》给我看。在我的记忆中，这是父亲第一次叫我读的东西，而以后再也没有单独让我读过任何书（除了我和其他同学选他的课，他所指定大家要读的参考书外）。《哀江南》是描述南明亡国时南京破败的情形，其中有几句可以说道出了历代兴亡的迹象，这就是"眼看他起朱楼，眼看他宴宾客，眼看他楼塌了"。而庾信的《哀江南赋》讲的是他的丧国之痛。庾信原仕梁，后派往北魏问聘，而魏帝留不使归，后江陵陷落，只得在北魏做官，序中有"金陵瓦解，余乃窜身荒谷，公私涂炭，华阳奔命，有去无归"云云。这时我国也正值国难，南京早已为日本侵略者占领，我们在报纸上常常看到"国军转进××地"之类，实际上是在节节败退。对这首《哀江南赋》，从字句上说，有很多地方我不懂，但从整体上说我还是可以了解，父亲常吟诵它，表现了他的伤时忧国之情。这两首《哀江南》对我的影响可以说非常之深，一种潜在的"忧患意识"大概深深地根植在我的灵魂之中了。后来，我到南开中学读书，年稍长，再读《哀江南赋》就更有所悟，大概父亲要我读此赋的目的就是，让我了解一个诗书之家应保持其"家风"。在《哀江南赋》中有这样几句："潘岳之文彩，始述家风；陆机之文赋，先陈世德。"我读父亲的《汉魏两晋南北朝佛教史》的"跋"，就更加体会到他的用心了，在他的"跋"中说："彤幼承庭训，早览乙部。先父雨三公教人，虽谆谆于立身行己之大端，而启发愚蒙，则常述前言往行以相告诫。彤稍长，寄心于玄远之学，居恒爱读内典。顾亦颇喜疏寻往古思想之脉络，宗派之变迁。十余年来，教学南北，尝以中国佛教史授学者，讲义积年，汇成卷帙。自知于佛法默应体会，有志未逮。语文史地，所知甚少。故陈述肤浅，详略失序，百无一当。唯今值国难，戎马生郊。乃以一部，勉付梓人。非谓考据之学，可济时艰。然敝帚自珍，愿以多年研究所得，作一结束。唯冀他日国势昌隆，海内乂安。学者由读此编，而于中国佛教史继续著作。俾古圣先贤伟大之人格思想，终得光辉于世。"这里可以看出，我父亲作为一个学者的伤时忧国之情和他对古来贤哲之敬仰，因而我更加深刻地体会到他是多么注重祖父所传的"家风"了。

那么我祖父对我父亲的影响究竟在哪里呢？这就又要回来谈谈那幅《颐园老人生日谠游图》了，这幅图中祖父的题词有如下一段：

> 余自念六十年来，始则困于举业，终乃劳于吏事，盖自胜衣之后，迄无一息之安，诸生倡为斯游，将以娱乐我乎？余又内惭，穷年矻矻，学不足以成名，宦不足以立业，虽逾中寿，宁足欣乎？虽然，事不避难，义不逃责，素位而行，随遇而安，固吾人立身行己之大要也。时势迁流，今后变幻不可测，要当静以应之，徐以俟之，毋戚戚于功名，毋孜孜于娱乐。然则兹游也，固可收旧学商量之益，兼留为他日请念之券。

想想我父亲一生以教书著书为业，他的《汉魏两晋南北朝佛教史》和《魏晋玄学论稿》是中外公认的权威性著作，但他淡泊功名，与世无争，正如钱穆伯父在《忆锡予》中所说："锡予为人一团和气"，"奉长慈幼，家庭雍睦，饮食起居，进退作息，固俨然一纯儒之典型"。而我父亲为一"儒者"，可他不是"圣之时者"，也不是"圣之任者"，而如钱穆伯父说他"有柳下惠之和"，或可为一"圣之和者"也。

我不是坚强的人

1943 年夏，我到重庆进入南开中学高中一年级，这就是说，我没有读初中三年级而跳了一班。这样，我也就没有拿到初中毕业证书。由于跳了级，我学得很吃力，终于因数学不及格而留级，因此我在南开中学一年半，上的都是高中一年级。在这一年半里，我除了上正课之外，大量阅读了俄国小说，如托尔斯泰的《战争与和平》、《安娜·卡列尼娜》、《复活》，陀思妥耶夫斯基的《卡拉马佐夫兄弟》和契诃夫的短篇小说。其中托尔斯泰对我的影响最大，他的"人道主义"精神和对信仰的坚贞，使我深深感动。这时我也开始自己练习写作，就和几位同学办了一份壁报，名叫《文拓》，我写了一些散文和杂文之类，可惜一篇也没留下，现在连题目也记不起来了。由于我们国文课的内容选有《孟子》的某些章节，这样使我也开始阅读《论语》、《孟子》以及《老子》、《庄子》等书，当然也只是做些字面的理解，不过总算开始接触了中国古典哲学著作了。

由于在南开中学留级，同班同学都比我小一两岁，感到很不光彩，于是我在 1945 年初又回到了昆明。回到昆明后，没有学校可上，我就到西南联大先修班旁听英文和数学等课程，同时又由钱学熙先生单独教我英文。在钱先生的影响下，我开始对西方文学和文学理论有了兴趣。在 1945 年前后，艾略特（T.S.ELiot）的文学理论正走红，钱先生向我介绍了他的理论，并且让我读他的诗。正好我家有两本英诗选：一本是《牛津诗选》（*The Oxford Book of English Verse*），另一本是《牛津现代诗选》（*The Oxford Book of Modern Verse*），我就利用字典来读这两本诗选，当然很多读不懂，其中我最喜欢的是雪莱的诗，特别是《致月亮》（*To the Moon*）和《致云雀》（*To a Skylark*）两首。这一时期，我不仅很喜欢俄国小说，而且对法国小说也特别感兴趣，纪德（André Gide）的小说和散文的中译本我都读过，我最喜欢的是《窄门》（*La Porte Etroite*），其中对爱情的执着和宗教道德气味对我颇有感染力。罗曼·罗兰的小说如《约翰·克利斯朵夫》、《搏斗》等我也很喜欢，但我更喜欢他的《贝多芬传》、《托尔斯泰传》和《米开朗基罗传》。傅雷译的《贝多芬传》中有几句，我至今仍能背出："人生是苦难的。在不甘平庸凡俗的人，那是一场无日无夜的斗争，往往是悲惨的，没有光华，没有幸福，在孤独与静寂中展开的斗争。"似乎伟大的作家、音乐家和画家等都常常感到孤寂，这可能是由于他们对人类有着无限的同情和关怀所致，但很难得到人们的理解，故颇有"我欲乘风归去，又恐琼楼玉宇，高处不胜寒"之感。后来，在 1947 年我读到卞之琳翻译的克里斯托弗·衣修午德（Christophe Isherwood）

的《紫罗兰姑娘》(*Prater Violet*)中的一段颇有共鸣："夜里这种时分，人的自我差不多总睡了。一切感觉，对于身份、对于所有、对于名字和地址及号码，都变得朦胧了，这种时分人往往打着寒噤，翻起衣领，想：'我是一个旅客，我没有家。'一个旅客，一个流浪人。我觉察到柏格曼，我的同行者，走在我旁边；一个分立的、秘密的意识，锁在它自己里面，像猎户臂一般的遥远……"这些思想让我这本来有些内向的心灵更加孤寂了。

我不是一个坚强的人，常常对自己和周围的事物都抱着一种怀疑或与自己无关的态度，因此在那时对政治没有什么热情，闻立鹤曾把毛泽东的《新民主主义论》给我看，这本书似乎也没有引起我特别注意；1945 年 12 月 1 日发生的惨案，我当然是同情学生的，但我也没有参加游行。对时事很悲观，常常是取一旁观者的态度。

北京大学先修班

　　1946年夏，因西南联大三校北上复校，我们全家由昆明飞重庆，在重庆等了近两个月才坐上飞机回到北平。在重庆时，我参加了大学入学考试，但未被录取。到北平后，我就插班到育英中学高三，没多久北京大学为没考取的学生设立一先修班，我作为先修班的正式学生入学了。先修班的一年，除正课外，我又看了不少外国文学的书，同时对一些文学理论、美学和哲学书也开始有了兴趣。我读了朱光潜先生的《文艺心理学》、《谈美》、《谈文学》等等，也读了他翻译的克罗齐的《美学原理》，由此而读亚里士多德的《诗学》，进而读了亚氏的《工具论》和柏拉图的《理想国》等。对宗教的书我也有一定兴趣，除《圣经》之外，我还读了部分奥古斯丁的《上帝之城》(*City of God*)。可以说这一年中我对西方哲学和文学比对中国哲学的兴趣要大得多。而这些西方的哲学和文学著作把我引向人道主义的道路。我记得那时我写过如《论善》、《论死》、《论人为什么要活着》等等，那是为了探讨人活着的意义何在。可惜我这些早年的习作全丢失了。当时有个比我小好几岁的小女孩邓可蕴（邓广铭教授的女儿）看过我这些习作，并且大段大段地把它抄在她的日记本中，最近我问她是否还保存着她当时的日记，她说早就丢失了。这个时期我也写一些散文，有两篇刊登在当时的《平明日报》上，一篇题为《流浪者之歌》，这篇我手头没有保存；另一篇题为《月亮的颂歌》，这篇我保存下来了，现抄录最后一段如下，或者对了解我当时的思想感情有帮助。这篇散文分三段，第一段是写"有月亮的日子"；第二段是写"没有月亮的日子"；第三段的小标题是"我也不知道是什么日子"：

> "春天骤雨的声音，
>
> 在闪烁的青草上，
>
> 惊醒了花朵，
>
> 它们永远是快乐、清晰、鲜美，
>
> 而你的声音是远过于这些。"

我唱出了雪莱的这首小诗，好像走在提琴的弦上，弦振动，摇撼了我的心灵。

大海里的水忘情地奔腾，不知道是为的什么？但，看见了灯塔的孤光，也就探得人生的意义了，诗人说人生如梦幻，这简直是嘎嘎乌鸦的叫声，与自然多么不和谐。可我却想说，人生是灯光一闪，这毕竟能留下一点痕迹，在那些"不知道是什么日子"的日子，我许下这个愿：

"去看那些看不见的事物，去听那些听不到的声音。把灵魂呈献给不存在的东西吧！"

这也只是为着留下一点痕迹罢了！

北大先修班是设在当时的国会街的北京大学第四院，即原来的国会议院，我又和几位原南开中学的同学办起了《文拓》壁报，而且我们常常举办唱片音乐欣赏晚会，有一次我们还把在北平天主教堂的神父们请到四院来唱"圣歌"。当时在北平的神父很多，有意大利的、法国的、瑞士的、奥地利的、瑞典的等等，他们用各种语言唱，轰动一时。我们还举办诗歌朗诵会，我朗诵的是高兰的《哭亡女苏菲》，深深地打动了听众，很多人都向我要这首诗。这时期，我很爱看外国的所谓"文艺片"电影，例如《魂断蓝桥》、《鸳梦重温》、《战地钟声》等等，我特别喜欢的是两部影片，一部是《马克·吐温传》，另一部是《明天交响曲》。这时虽然内战已起，似乎对我们影响很小。

对我思想有相当大影响的是"沈崇事件"，1946年底美国兵强奸了沈崇，沈崇是我们先修班的同学，而且国文课在一个班上课。对美国兵的暴行和对当时政府的软弱无能，我当然非常气愤，从此以后我也就常参加罢课游行的学生运动了。

1947年暑假后，我由先修班升入北京大学哲学系，于是我就踏入了大学之门。这就是说，我并没有正式上完高中三年级，因而也就没有拿到高中毕业文凭。

由于我选的是哲学系，因此读书的重点就从文学转向哲学了，这期间除了上课指定的书外，我看了一些中国哲学方面的书，例如冯友兰的《中国哲学史通论》、范寿康的《中国哲学史通论》以及我父亲的一些著作，写过一些这方面的文章，但都未发表。而我仍然对西方哲学有很浓厚的兴趣，我写过两篇文章：一篇是《对维也纳学派分析命题的一点怀疑》，这是由冯友兰和洪谦两位先生的争论引起的，在这篇文章中我既批评了洪谦先生对"玄学"的否定，又批评了冯友兰先生认为"玄学对实际无所肯定"的观点。另一篇是《论内在关系与外在关系》，这是在看了金岳霖先生刊于《哲学评论》上的《论内在关系》之后，对新黑格尔学派布拉德雷（F.H.Bradley）在《现象与实在（Appearance and Reality）中讨论"内在关系"与"外在关系"的批评。贺麟先生对此，也有一段评语："认为布拉德雷所谓内在关系仍为外在关系，甚有道理。对内在关系的说法，亦可成一说，但需更深究之。"

在北京大学哲学系学习期间，我除了选哲学系的课程之外，还选了大量外系的课。例如我选了俞大缜先生的"英国文学史"，这门课是用英文讲课，我最后考了个"八十四分"；我偷听了朱光潜先生的"英诗"，但没有上多久，就不敢去上了，因为听不懂。我选了中文系杨振声先生的"西方文学名著选读"，从荷马的史诗、希腊悲剧、但丁的《神曲》一直到莎士比亚的戏剧，当然都是用英文本，我考了"八十五分"，是全班最高分。我还选修了梁思成先生的"中国古代建筑史"，现在我还保存着该课的笔记。哲学系的课，我最用功的是"普通逻辑"和胡世华先生的"数理逻辑"和"演绎科学方法论"，因为我的数学基础不大好，学这些课程很吃力。另外两门是我父亲开的"英国经验主义"和"大陆理性主义"，这两门课对我了解西方哲学的方法有很大帮助；由于要读英文本著作，也使我对西方哲学的名词概念比较熟悉了。

1951年2月，也就是在我读完四年级第一学期时，北京大学党总支派我到中共北京市委党校去学习，在那里学习了两个月，我就被留在党校做教员了。虽然在这年暑假我拿到了北京大学的毕业文凭，但我实际上也没有真正上完大学。

我的学校生活可以说是在"非有非无之间"，从一方面说，我上了小学、中学、大学，这是"非无"，即不是没有上小学、中学、大学；从另一方面说，我没有上完小学、中学、大学，这是"非有"，即不能算小学、中学、大学毕业。我学习的内容也可以说是在"非中非西之间"。从一方面看，我更爱外国文学、外国电影、外国音乐和外国哲学，这是"非中"，在我年轻时我看中国小说很少，不大看中国电影，不听京戏，不会下围棋等等；从另一方面说，在我的骨子里都深受我祖父和我父亲传统做人的影响，这是"非西"。说到这里，我又得回到谈谈我祖父和我父亲与我的关系了。

照我看，我的祖父和我的父亲对我说也是"在非有非无之间"。我从未见过我的祖父，对他的事知道得也非常少，从这方面看，他对我是"非有"；但是他的那些做人的道理，却深深植入我的心灵之中，从这方面看，他对我又是"非无"。我父亲很少管我，他既不过问我的衣、食、住、行，也不过问我的学习情况，平常很少和我谈什么，这对我好像是"非有"；但他的著作、为人处世，却对我有着深刻的影响，这对我说又是"非无"。从我希望传"家风"，是"非无"；从我没有条件能传"家风"，它对我是"非有'说是"在非有非无之间"更为准确吧！

人生要有大爱

　　我喜欢读书，活到七十多岁当然读了不少书，但并不是"读书"都有故事可讲。但有时读一本书会影响你一生，会是一个美丽的故事。这个故事会让你常常记起，甚至你会一次又一次地向别人讲述。一九五〇年我还是北大哲学系三年级的学生，现在是我妻子的乐黛云，是北大中文系二年级的学生，我们一起在北大青年团工作。有一天乐黛云拿了伏契克的《绞索套在脖子上的报告》给我看，她说："这本书表现对人类的爱深深地打动了我，我想你会喜欢它。"这本书是捷克共产党员伏契克在一九四三年被希特勒杀害前在监狱中写的。这时我大概已经爱着乐黛云了，但还没有充分表露出来。当天晚上我就一口气把《绞索套在脖子上的报告》读完了。书中所表现的对人类的爱、对理想的忠诚，同样使我大为感动。我把这本书读了好几遍，其中有一段我几乎可以一字不差地背出来：

　　　　我爱生活，并且为它而战斗。我爱你们，人们，当你们也以同样的爱回答我的时候，我是幸福的，当你们不了解我的时候，我是难过的。我得罪了谁，那么就请你们原谅吧！我使谁快乐过，那就请你们不要忘记吧！让我的名字在任何人心里不要唤起悲哀。这是我给你们的遗言，父亲、母亲和妹妹们；给你的遗言，我的古丝妲（引者按：古丝妲是伏契克的妻子）；给你们的遗言，同志们，给所有我爱的人的遗言。如果眼泪能帮助你们，那么你们就放声哭吧！但不要怜惜我。我为欢乐而生，为欢乐而死，在我的坟墓上安放悲哀的安琪儿是不公正的。

我每次读到这里时，禁不住为这种热爱生活、热爱人类、为理想而献身的精神而热泪盈眶。本来在一九四九年前，我对真正的生活了解很少，虽然在我心中也有着一种潜在的对人类的爱，但那是一种"小爱"，而不是对人类的"大爱"。我读了《绞索套在脖子上的报告》后，似乎精神境界有一个升华，可以说我有了一个信念：我应做个热爱生活、热爱人类的人。由于是乐黛云让我读这本书的，因而加深了我对她的了解，以后我们由恋爱而结婚了。

在这几十年的生活中，在各种运动中我整过别人，别人也整过我，犯了不少错误，对这些我都自责过，反省过。但在我的内心里，那种伏契克式的热爱生活、热爱人类的情感仍然影响着我。人不应没有理想，人不能不热爱生活。

2001 年 1 月 4 日

从沙滩到未名湖

　　人能活到一百岁是很少很少的，而我现在已经七十多岁了，算起来我和北大的关系少说也有四十五年以上，如果从广泛的意义上说就超过六十年了，这就是说我大半辈子在北大度过的，说我是"北大人"是绝无问题的。北大的一百年是从沙滩到未名湖，我的几十年也是从沙滩到未名湖。这两个地方给我留下多少回忆和梦想！

　　如果概括起来说，在北大有我无忧无虑的童年，有我热情追求的青年，有我提心吊胆的中年，现在我已进入回忆思考的老年了。在这世纪之末，在这北大百年校庆即将到来之时，我回忆什么？我思考什么？我又梦想什么？说真的，我常常回忆的是沙滩追求知识的学生生活；我在未名湖畔常常思考的是21世纪中国哲学向何处去；我所梦想的是何时北大能成为一所真正思想自由、学术自由的世界第一流大学。

　　当我回想起沙滩北大的学习生活时，从我心中就会流出对那些教过我的教师们无限崇敬之情。

　　废名（冯文炳）先生教我们大一国文。第一堂课讲鲁迅的

《狂人日记》，废名先生一开头就说："我对鲁迅《狂人日记》的理解比鲁迅自己深刻得多。"这话使我大吃一惊，于是不得不仔细听他讲了。我们每月要作一次作文，不少学生都喜欢废名先生的文章风格，写作也就模仿他的风格。先生发作文要一篇一篇地评论，有次我写了篇题目是《雨》的散文，我自以为写得不错，颇似先生风格。废名先生发文说：你的文章有个别字句还可以，但全篇就像雨点落地一样，全无章法。同学们哄堂大笑，我面红耳赤。接着发一篇一位女同学的文章，先生说：你的文章最好，像我的文章，不仅形似，而且神似，优美、清新、简练。先生就是这样可亲、可敬、可爱。有一次废名先生给我们讲"炼句"，他举出他的小说《桥》上的一段为例，这段是描写夏日太阳当空照得大地非常非常热，而在一棵枝叶茂密的大树下有个乘凉的人，他用了一句"日头争不入"来形容当时树下的凉意，他说：你们看，我这句构造得多么美妙呀！冯文炳先生就是这样一位天真的性情中人，他的喜怒哀乐都是那么的可爱，那么的自然。我听季羡林先生讲到废名和熊十力先生的故事。在沙滩北大，废名和熊十力住在松公府后院，两门相对，常因对佛教的看法不同而争吵。有一次两人吵着吵着，忽然没有声音了，季先生很奇怪，走去一看，原来两个互相卡住对方的脖子而发不出声音了，真是"此时无声胜有声"，使我神往。熊十力先生的哲学著作，废名先生的诗、散文、小说，都无疑是那个时代的高峰。他们两位又都无疑是那个时代的最有真性情的人。然而很可惜他们都在文化大革命中死于非命。

我选修梁思成先生的"中国建筑史"是由于有次在书摊上买到一本《营造法式》，读到梁先生的文章，它引起了我很大兴趣，于是我就选了这门课。梁先生讲课生动、具体。有一次他讲到他考察五台山佛光寺的情况，给我非常深刻的印象。梁先生为了证实这座寺庙是在我国现存的最早的木结构建筑，他就自己爬到大殿的梁上去找寻上面写的年代，当他发现是唐代纪年，太高兴了，不小心从上面摔下受伤。梁先生风趣地对我们说："证实这座大殿是现存唐朝的木结构建筑对研究中国建筑史意义太大了，摔伤也值得。"经过近五十年的风风雨雨，我当时上课记的笔记大多散失，而我记的梁先生"中国建筑史"的笔记至今还保存着，这大概是梁先生那种对自己学术事业的奉献精神，使我特别珍视这本笔记吧！

我作为一名哲学系的学生选修外语系"英国文学史"，困难自然是很大的。这门课是由俞大缜教授讲，讲课用英文，回答问题用英文，考试也要用英文，无论我如何用心听课，还是有不少地方听不懂。俞大缜先生知道我是哲学系的学生，常常特别问我听懂没有，我说不大懂，她就又给我们重讲一遍。下了课她常把我们两三个非外语系的学生留下，告诉我们回去读教材的第几页到第几页，她还说："你们有问题就问，我不会嫌麻烦。"俞先生为了让我提高英文阅读能力，她把英文本的《维多利亚女王传》借给我，叫我与中译本对照着。在俞先生的帮助和鼓励下，我总算坚持学下来，并且考试得了 84 分。今天，我回想起沙滩的学生生活，俞大缜先生对学生的亲切关怀，使我深深感到能遇到这样的好教师真是天大的幸运！

有门课程我学得很糟，这就是冯至先生的"德文快班"。这门课每周六学时，每天都要上课，而且冯先生很严格，每堂课都要提问。这时正是刚解放不久，我加入了新民主主义青年团，社会工作特别多，没有时间好好复习。因此，每次上课都很紧张，怕问到我。选课的学生不多，被问到的机会就很多了，我常常答不上来，冯至先生就亲切地说："你学哲学，不懂德文怕不行吧！学外语要花时间，这是我的经验。"听这话，我感到很惭愧。这门课第一学期考了 60 分，勉强及格，第二学期只有 54 分了，没及格。时到 80 年代，我开始有可能研究哲学了，但我的英语忘得差不多了，德语连字母也记不全，现在后悔也来不及了。我想，如果没有那些把知识分子作为批判对象的政治运动，我也许可以成为一名小有所成的哲学家了，而有更多的我的同龄人会成为有独创性的大哲学家。

这里我还得介绍一下胡世华教授，我跟他学了三年，从"形式逻辑"到"数理逻辑"到"演绎科学方法论"，除了学到分析问题的能力外，特别是他对我的鼓励和帮助，使我终生难忘。"数理逻辑"课要做很多习题，我对做习题很有兴趣，课下做了很多，当我交给胡世华先生后，他就每题每题帮我修改，他修改的推导非常简明且巧妙，常常成为非常优美的数字和符号的排列，使我感到这种近于数学的逻辑学真像美学一样。听胡先生的三门课的笔记，原来我一直保存着，可惜在文化大革命中丢失了。胡世华先生原希望我能跟着他研究"数理逻辑"，为此他劝我去选修数学系的课，但在我学"演绎科学方法论"时，已是三年级的学生了，再从微积分、高等代数等等学起，不知要学到何年何月，于是胡先生建议我试试先学与"数理逻辑"关系比较密切的"数论"，我选修了张禾瑞先生的"数论"，听了几堂课，我一点也没听懂，只记得张先生反复讲"set"，可是我又抓不住"set"的意义，越听越感到自己太笨，只得退选。直到1956年，胡先生在科学院计算所工作时，还想把我调去，希望我从"哲学"方面来研究"数理逻辑"，但我有自知之明，未敢应命，于是就回北大，开始研究中国哲学史了。

在大学四年里，我还修了不少其他课程，有郑昕先生开的"哲学概论"，他实际上在讲康德哲学；贺麟先生开的"西洋哲学史"，谁都知道贺先生是黑格尔哲学的专家；我父亲汤用彤先生开的"欧洲大陆理性主义"和"英国经验主义"，这使我比较系统地了解了欧洲哲学经验主义和理性主义的两大系统的不同，还有任继愈先生开的"中国佛教哲学问题"等等。许德珩先生为我们开"社会学"，使我对孔德的实证主义有点了解，还初步接触到了一点马克思主义。杨振声先生开设的"西方文学名著选读"对我也很有帮助，我们要读英文本的《希腊悲剧》，我的考试成绩是85分，大概就是最高分了。新中国成立后，我又上过何思敬先生开的"费尔巴哈和德国古典哲学的终结",这本书就是何先生翻译的;还上过胡绳同志开的"论毛泽东思想",他主要讲了《论持久战》等篇;还有艾思奇同志的"辩证唯物主义与历史唯物主义",这些课为我以后读马克思主义的书打下一定基础。

现在回忆起我的学生读书生活,用"感谢我的教师们"几个字来表达我的感情是远远不够的,也许可以说,他们给我的"知识"和"治学态度"是我一生受用不尽的,是中国知识分子的精神财富。"回忆"可以是没完没了的,但有意义的回忆也并不太多,我应该到此为止了。

在 20 世纪,中国哲学可以说遇到了三个相互联系的问题:如何看中国传统哲学;如何看西方哲学;如何创建中国的新哲学。这是近二十年,特别是近几年在未名湖北大"思考"的问题。20 世纪中国哲学在西方哲学的冲击下,中国哲学是处于一解体与重构的过程之中,我们必须引进和学习西方哲学,又同时必须对中国传统哲学进行清理和诠释。关于"如何看中国传统哲学"的问题,我曾写过一些文章讨论过,特别是在那本《在非有非无之间》一书中叙述"我的学思历程"时,有一章四万多字的"对中国哲学的哲学思考"中,比较概括地说了我的看法。我是对中国传统哲学的概念、命题、体系等方面作了一总体上的分析,当然这还只是一纲要式的研究,如果有条件我会写一本比较大的书,这里不多说了。最近我应首都师范大学出版社之约,他们要我主编一部二三百万字的《20 世纪西方哲学东渐史》,并附二三百万字的资料，我约请了国内十几位同行和我一起完成这项大工程，这部书共分十二册，我自己写的最后一册是《中国本土文化视野下的西方哲学》。我为什么愿意主编这部书，并且写最后一本呢？这就是我企图对前面提到的第二个问题"如何看西方哲学"作一点系统的研究。

20 世纪西方哲学的输入中国，可以说和北大有着密切的关系，最早有曾任北大校长的严复，是他输入了西方的进化论，其后有鲁迅之与尼采，梁漱溟之与柏格森，李大钊、陈独秀之与马克思主义，胡适之与实用主义，丁文江之与科学主义，张颐、贺麟之与黑格尔哲学，汤用彤之与欧洲大陆理性主义和英国经验主义，朱光潜之与克罗齐，熊十力之与怀德海，郑昕之与康德哲学，陈康之与希腊哲学，洪谦之与维也纳学派，熊伟之与现象学等等。80 年代以来，北大又是输入西方现代哲学的重镇，有研究分析哲学的，有研究存在主义的，有研究现象学的，有研究学哲学的，有研究解释学的，有研究结构主义、后结构主义、后现代主义的，这是又一次西方哲学的大输入。就北大来说，前一次西方哲学的输入在沙滩北大，这一次的输入则是在未名湖的北大了。这些学者，无论是 50 年代前的，还是 80 年代后的，他们或翻译，或介绍，或研究，或批评，或回应，或会通，都作出不少贡献。因此，我想总结一下 20 世纪西方哲学的输入，大概会对在 21 世纪创建中国的新哲学体系是件有意义的事吧！同时，这可以说对分析和了解北京大学学术发展的道路也是一件有意义的事吧！

　　20 世纪即将过去，21 世纪即将到来，北大也将要迎接她的第二个一百年，中国哲学处在贞下起元之际，北大能否站在世界哲学发展的高度创建新的中国哲学体系中起中坚作用，这就要看北大能否有一个真正学术自由、思想自由的空间了。"自由"是伟大的创造力，新的中国哲学只能在有着广阔的自由空间中诞生。

1998 年春节于海南

我与北大

　　人能活到一百岁是很少很少的，而我现在已经过七十岁了，算起来和北大直接有关系的时间少说也超过了四十五年，如果加上间接和北大有关系的时间那可以说有六十多年了。这就是说，我的大半辈子是属于北大的。我想，说我是"北大人"是绝无问题的。但是，"北大人"是否都对北大作出过贡献，那又是另一个问题。人的一生可以分成若干时期，有童年、青年、中年和老年。对我来说，我有无忧无虑的童年、充满幻想的青年、提心吊胆的中年，现在进入了老年，这应是我回忆、思考的老年了。在这北京大学即将迎接她的一百岁生日之际，我作为北大的一分子，回忆起在北大几十年的日子里，我做过不少错事、傻事，我也坚持过现在看来是正确的意见；我教过几门课，有的比较成功，有的可以说是不那么成功；我在某些运动中整过别人，而在更多的运动中我又挨别人整，如此等等。这些事回忆起来，酸甜苦辣一时分不清了。但我想，我在北大几十年无论如何总也做过几件还可以称得上的好事吧！如果问我，哪件事我觉得比较有意义，自己还算满意，那应说十几年来培养研究生这件事了吧。

　　由 80 年代起，我已培养出 6 名取得硕士学位的研究生和 16 名取得博士学位的研究生，还有 8 名博士研究生正在培养中。这 30 名研究生的研究方向大体是两个：一是道家和道教的研究；二是 20 世纪中国哲学的研究。关于道家和道教的研究，在这批研究生中有研究先秦道家的，有研究两汉道家和道教的，有研究魏晋玄学和南北朝道教的，有研究两宋道教的，有研究金元道教的。这就是说他们对道家和道教的研究大体上形成了一个系列。这中间对唐朝的"重玄学"和宋元"内丹心性学"的研究取得了可喜成果。近十年来，中日学者已注意到"重玄学"的研究，但他们较少注意哲学的方面。我的几位研究生比较注意了"重玄学"的哲学意义，其中包括"重玄学"的理论结构，它与佛教般若学、涅槃学的关系，以及"重玄学"对宋明理学可能发生的影响等等问题。过去我们常常说宋明理学既批评了佛道二教，又吸收了佛道二教的成果，但对宋明理学如何吸收了佛道二教说得都比较笼统。而"重玄学"的理论构架正是讨论"理""心""性""气"的关系，这点和理学的程朱派有相似处。同时我们还可以看到，"重玄学"相对魏晋玄学来说，它表现了中国哲学由"本体之学"向"心性学"的过渡，而成为中国道教内丹心性学的一个重要理论前提。关于内丹心性学，我的几位研究生从"内丹"发展的历史，内丹心性学所包括的哲学理论意义，内丹心性学的理论和修持方法的关系，以及道教内丹心性学与宋明理学的心性学、佛教禅宗的心性学的比较等方面作了较深入的讨论。还有研究生从内丹心性学的现代意义方面尝试作探讨。说句老实话，我原来对上述两方面的研究并没有想到会取得这样好的成果，现在可以说我的这几位研究生的努力是相当成功的。这些研究生的博士论文有的已经出版，有的正在排印中，其余的博士论文大多可以经过一些修改，都编入我和陈鼓应教授共同主编的"道家与道教文化丛书"中。关于"20世纪中国哲学的研究"，在这批研究生中有研究"从'中体西用'到'全盘西化'"的，有研究"严复的《天演论》"的，有研究"熊十力的《体用论》"的，有研究"梁漱溟的文化观"的，有研究"汤用彤学术思想"的，有研究"金岳霖的《论道》和《知识论》"的，有研究"张东荪的知识论"的，有研究"冯友兰的哲学方法"的，等等。由于种种原因，在这批研究生之前，对这一批曾对20世纪中国哲学有很大影响的学者进行系统的研究比较少，甚至在一个阶段对他们在哲学研究的贡献采取全盘否定的态度。因此这批研究生的研究可以说是非常有意义的。现在我想如果我们把上述研究作基础，再扩大对20世纪中国哲学家的研究范围，那么大体上可以说对20世纪中国哲学家的个案研究有一较完整的系统。到目前为止，关于熊十力、梁漱溟、汤用彤、张东荪、金岳霖、贺麟等研究专著已收入"世界著名哲学家丛书"中出版了。

当时我为什么选择"道家和道教的研究"和"20世纪中国哲学的研究"作为培养研究生的方向呢？这和中国哲学的学科建

设有关。80 年代以来，由于日本经济的快速发展和亚洲"四小龙"的腾飞，海内外都注意到研究儒家思想和经济发展的关系，又加上海外现代新儒家思潮对大陆学术界也发生了一定影响，因此在学术文化界对儒家思想，特别是宋明理学的研究重视起来。同时，文化大革命后宗教信仰有着上升的趋势，这样也刺激了学术界对宗教研究的兴趣。在 80 年代，出版了不少研究中国化佛教禅宗的书。相对地说，这一时期"道家和道教的研究"比较薄弱一些。但中国哲学，从历史上看或者说是一种儒道互补的格局，或者说是儒释道三家互动的格局，因此加强对道家和道教的研究是非常必要的。至于"20 世纪中国哲学的研究"或许更为重要，它涉及中国哲学今后应如何发展的问题。我们知道，20 世纪中国哲学在西方哲学的冲击下，它面临着三个相互联系的问题：如何看待中国传统哲学；如何对待西方哲学；如何创造适应现代社会要求的中国哲学。如果我们不从超越中国传统哲学的视野来看中国传统哲学，那么我们既不能看到它的问题所在，也不能看到它的价值所在。如果我们不能把握自身哲学思想的根基，那么我们既不能看到中西文化在差异中的互补，也不能真正了解西方哲学的优长。如果我们没有一种哲学上的全球观念，那么我们就不可能建构适应现代社会要求的中国新哲学，仍然会不断地在"本位文化"和"全盘西化"中徘徊而一无所成。因此，对20 世纪中国哲学的研究无疑是十分重要的。今年我应首都师范大学出版社之约，将与十几位学者（包括我那些已取得博士学位的研究生）共同编写一部二三百万字的《20世纪西方哲学东渐史》，并附二三百万字的相关资料。如果这部书能顺利完成，也许会对今后中国哲学的发展提供某些有意义的资源。

俗话说"十年树木，百年树人"，北京大学的一百年无疑为中华民族培养了一批又一批有用的人才，这一点在中国教育史上是可以大书特书的。现在我们把五四作为北大的校庆日，我想它的意义就在于要求我们北大永远继承五四的"科学与民主"精神。祝愿北大在第二个一百年里能真正成为以"科学与民主"精神照耀的世界一流大学。

中国文化书院十年

中国文化书院到今年，1994 年，已经成立了十年。十年虽不算长，但是对我们这样一所民办的书院，却是经历了千辛万苦。特别是由于中国文化书院是由一批从事人文学科的学者来主持，我们既不会弄钱，更没有什么"权"，这样就更加困难了。但是值得欣慰的是，我们总算坚持下来了，而且对推动中国新文化的建设多多少少出了一点力。

自 1949 年后，民办的书院在中国大陆逐渐消失了，在 1984 年中国文化书院的建立也可以算是一件新事物。据我所知，如果说中国文化书院不能算在 1949 年后第一个颇有影响的纯民间的学术文化团体，大概也是最早办起来的少数几个中的一个了。自中国文化书院建立之后，全国各地才出现了各种各样的民间学术文化团体，同时又有一批在历史上著名的书院也恢复了，如白鹿洞书院、岳麓书院等。因此，说中国文化书院对民办书院起了个带头作用，大概也不为过吧！

回顾中国文化书院走过的十年路程，由于种种主客观条件的限制，它的发展虽没有能如我们所预期那样，但无论如何总可以说我们无愧于我们的民族文化，我们无愧于时代对我们的要求。

我想，对中国文化书院说，也许最为宝贵的就是，书院是一个集合了一批有志于发展中国文化的老中青三结合的学者的学术团体。我们有老一代的学者如梁漱溟、冯友兰、季羡林、张岱年、周一良等等，他们中的一些人的风范，无疑是维系书院的精神力量。每当我回忆起 1985 年 3 月中国文化书院举办第一期"中国传统文化讲习班"时，梁漱溟先生来班讲课的情形，这是自 1953 年以后梁先生的第一次公开演讲，他讲的是"中国文化要义"，我们请他坐着讲，因为当时他已经八十八岁了，而梁先生一定要站着讲，他说这是一种规范。1987 年书院为祝贺梁先生九十华诞举办了"梁漱溟思想国际学术讨论会"，九十高龄的梁先生还亲自参加了，他希望听到对他的思想的批评。梁先生是中国文化书院第一任院务委员会主席，在梁先生去世后，由季羡林先生担任院务委员会主席。季先生在国内外担任许多职务，他经常说他最关心的是中国文化书院的发展，他多么希望中国文化书院能成为培养高层次研究中国文化乃至世界文化的基地。他常说："书院有那么一批中国第一流的学者，如果能在这里培养研究文化的博士后该多好。"如果说老一代学者的风范是维系中国文化书院的精神力量，我想，那么我们这批半老半不老的书生，应该说是中国文化书院的中坚力量。对我们这些在 1984 年五十已过，到 1994 年六十早已出头的人来说，我们只有一个信念，为民间争取更为广阔的学术空间而尽力，有些朋友善意地讥笑我们，说我们"书生气十足，做一些费力不讨好的事"。但事情总是要人做的，也许我们正是一些"知其不可而为之"的人吧！更使我们告慰的是，书院里一些四十多岁的学者，在这十年中他们为书院花费了许多时间和精力，由于他们都是兼职的，有他们的本位工作，这十年无疑是他们出学术成果的最好的十年，而他们为了书院的事业，甘愿作出牺牲，甚至影响了他们的职称，影响了他们的家庭生活。因此，我认为这些中青年学者是应受到赞扬的，他们是中国文化书院的基石。

一个希望在中国甚至世界发生良好作用的学术团体，我认为应是一开放性的群体。为了发展中国文化事业的目标，而能互相尊重不同的学术观点，提倡学术自由，能够兼容并包。如果说中国文化书院存在着这样和那样的问题，甚至有失误，但它却是一个能容纳不同学术观点，无门户之见，有良好学术空气的团体。例如，在中国文化书院中，对中国传统文化，既有取激进批判态度的学者，也有被视为致力于复兴中国传统文化的，还有努力寻求使中国传统文化与西方文化接轨的。他们都能一起共事，共同讨论问题，相处得很融洽。这些在文化问题上具有不同思想的人集合在一起，虽然他们对中国文化发展的路向有着不同的认识，但是他们都抱着一种推动中国文化走向现代、走向世界的愿望则是一致的。一个学术团体和一个人一样，要有一种宽阔的胸怀，不仅在群体内部，而且要和其他学术团体甚至非学术团体有着良好、和谐的合作关系。中国文化书院虽然曾经发生过这样那样的问题，但从总体上说，我们这个团体内部是互相信任和协调的，同时我们也和国内外的许多学术团体和非学术团体建立了良好的合作关系。广交朋友是我们信守的原则。现在中国文化书院有五十余位导师，其中不少是我国第一流的学者。还聘请了美国、加拿大、日本、德国、澳大利亚以及我国台湾、香港地区的著名学者作为书院的海外导师。在这十年中，以一个民间的学术团体出面，主办了八次涉及各个方面的国际性的学术会议，并参与了多次在全国各地召开的各种学术会议，不能不说是对推动中国的学术繁荣起了十分可贵的积极作用。大家都知道，1988年台湾学者首次访问中国大陆，就是由中国文化书院接待的。

中国文化书院的宗旨是："通过对中国文化的教学和研究，继承和发扬中国文化的优良传统；通过对海外文化的研究、介绍和学术交流，提高对中国文化的研究水平，促进中国文化的现代化。"但我们有一个共同的认识：弘扬中国文化必须有一全球意识，也就是说要在全球意识观照下来弘扬中国传统文化，这样才可以使中国文化的发展与世界文化发展的趋势接轨，而不至于游离于世界文化发展的大潮之外。一个民族的民族文化的发展当然应该注重其民族文化的传统，但是它同时又必须适应所处的时代的文化发展的要求，因此要想使民族文化得到健康发展，必定是文化的民族性与时代性的结合；而当前或者我们更应着重考虑的是如何使我们民族文化跟上世界文化发展的总趋势的步伐。根据这样的认识，中国文化书院正在努力使它成为一更加开放的、能容纳多元趋向的、充分吸收各家之长的学术团体。

中国文化书院走完了它的第一个十年，那么我们的第二个十年应该如何发展呢？我想，我们除了坚持以往十年所形成的风格之外，要更为扎实地工作，把书院建成一正规的培养中国文化的研究人才的基地，以推动中国文化走向现代、走向世界。我们希望中国文化书院能成为一个研究中国文化以及世界各种文化的团体，培养博士研究生，接收博士后；使它成为一国内外学者进行学术交流的良好园地；出版一批在国内外有重要影响的著作，并创办有自己独特风格的期刊。当然，我们的这些梦想能否变为现实，除了靠全体导师和工作人员的努力之外，还希望得到各界朋友的支持，也要看客观环境是否能为民间的学术发展创造更为有利的发展空间。但我相信，从历史发展的要求看，我们的梦想总会变为现实的。

辑四

盘古开天地

在我年幼时，对"天"有了两三种不同的认识。我记得，在我上幼儿园的时候，老师教我们唱的一首歌，其歌词是："我们一同瞧瞧，我们一同瞧瞧，飞机来了，飞机来了，在天空中嗡嗡地叫。"这时老师还指着我们头顶上的青天说："在我们头顶上的就是'天'。"当然，他接着又说："在我们脚底下的就是'地'。"这是我最早对"天"的认识。我还记得，也许是已经上小学了，读过一篇短文叫《星空》，还有儿歌"天上一颗星，地上一颗钉"等等，都是说的我们头顶上的"天空"就是"天"。"天"就是我头顶上那无边无际的浩瀚的天空。

大概也就在我六七岁时，记得我父亲包了一辆人力车，接送他上班。我非常喜欢听车夫老李给我讲故事。他讲的很多是赏善罚恶之类的故事。许多故事的情节，我都记不得了，但有一个故事还记得一点。老李讲的故事说：有个游手好闲的人，白天他看到邻居卖了一头猪，得到几两银子，有点眼红。半夜，他进入了邻居的家，把银子偷了。第二天晚上，这个偷银子的人跑到外村去赌钱、喝酒，把钱全输光、花光。回家时天下大雨，他走到一棵大树下，一声雷响，把这人打死了。老李说："这就是报应，做坏事的，就会受老天爷的惩罚；做好事的就会得到老天爷的奖赏。"这种善恶报应的思想，我最早大多是从老李的故事中听到的。这样的故事在我们的老百姓中流传很多。老李讲的，可能是他听到的，可能是从书上看到的，也可能是他编出来的。因为，我们的老百姓是很会编故事的。但是，老李的这个故事却使我得到一个印象：天就是老天爷，他会发怒，会打雷，会惩罚恶人，他还会刮风、下雨，让风调雨顺、五谷丰登，等等。从小我就对"老天爷"有一种神秘感，我很想知道这是怎么回事。

在老李讲的许多故事中，我最难忘的，是"盘古开天辟地"的故事。据说在最古老的时候，天地就像一个大鸡蛋，混沌一团。有个名叫盘古的巨人在这个"大鸡蛋"中酣睡醒来，他双脚踏地，一手撑天，让自己的身体每天长高一丈，天地也随着他的身体每天增高一丈，就这样经过很多年，终于开辟了天地，但盘古也累死了！盘古临死前，左眼变成了太阳，右眼变成了月亮；嘴里呼出的气变成了四季飘动的云，声音变成了天空的雷霆，头发和胡须变成了夜空的星星；他的身体变成三山五岳，血液变成江河，汗水变成雨露，皮肤和汗毛则变成了大地上的草木。总之是伟大的盘古撑开了天，踏平了地，最后奉献自己的全身，造就了人类赖以生存的万物大地。

女娲炼石补天

我天天长大，到读高小时，可以看点中国的神话故事书，给我印象最深的是"女娲补天"的故事。传说盘古开天辟地后，人民安居乐业，过上了美好的太平日子。但好景不长，若干万年后，人类又遇到了特大灾害。这时，四极废，九州裂；天不兼覆，地不周载；熊熊大火烧而不灭，浩瀚大水泛滥不息；猛兽食人，鸷鸟攫老弱。于是，智慧的大母神女娲，冶炼五色彩石，以补苍天，断鳌足以立四极，杀黑龙以济冀州，积芦灰以止淫水。于是，苍天补，四极正，淫水涸，冀州平，狡虫死，颛民生……但是不久又出来了两个部落首领，一个叫共工，一个叫颛顼，他们争相为帝，都想统治人民。共工打不赢颛顼，一怒之下，头颅撞上不周山，将女娲用来支撑天的四根柱子之一折断，天被捅破了，水从天上灌下来，地也塌陷了，老百姓又流离失所。女娲只好又到处跋涉，找来五色彩石，重新修补苍天。但是修补过的苍天已经不能再像原来那样平整了。从此，"天"从西北方向倾斜，日月辰星位于那里；"地"于东南方向下陷，百川河水就流向那里，直到今天仍然如此。

　　幼年时，我是一个内向的孩子，我有一个哥哥和两个妹妹，还有好几个堂兄弟姐妹，虽然我们常常在一起玩，但我却很喜欢独处。我喜欢一个人看看花草，特别喜欢看爬在墙上的"爬墙虎"，看着它碧绿的藤和叶映着蓝天，高高地从墙头上垂下来。晚上，我爱在院子里看天上的星星。这时候，我想得最多的往往是巨人盘古和大母神女娲。我总是想如果没有盘古，会不会有这个世界？如果没有女娲，我们又会在哪里呢？我从小依恋母亲，在内心深处，总是把女性视为人类的创造者。我想这除了直观地知道母亲为我生了弟弟妹妹之外，更重要的是小时候读到的女娲故事对我的影响吧！

　　直到很久以后，每当我看着湛蓝色明朗的天空，我还会常常想起盘古和女娲。我自幼不喜欢那些为权欲私利而争斗杀伐的"英雄"，倒是对那些奉献自己，为人类创造了"天"，修补了"天"的、默默无言的"劳动者"充满了敬意和本能的爱。盘古和女娲的故事或许就是我一辈子倾向于"平民"的一个自己也不觉察的心理原因吧！

　　现在想起来，青少年时期，我心中的"天"，往往是闪耀着绚丽的神话色彩，存活于老百姓心中的那个自然的天，也是想象的天。除了盘古、女娲之外，我最喜欢的，就是承载着月亮的那个美丽的蓝天了。记得在院子里赏月时，哥哥给我讲月亮的故事，说美丽的姑娘嫦娥吃了仙药，飞升进入了月亮上的广寒宫，那里只有砍桂花树的吴刚和捣药的玉兔与她做伴！每年八月十五的中秋节，我们都要赏月，慰问寂寞的嫦娥。在月光下摆上月饼、水果和各色的泥塑兔儿爷。这也是我最爱看天空的时候。我想不清楚月亮上的吴刚为什么要砍桂花树呢？桂花树怎么能砍断了又重新长上，永远砍不完呢？月亮上为什么只有小兔，没有小狗呢？

　　总之，盘古也好，女娲也好，嫦娥也好，中国人似乎倾向于认为天是一个可以承载一切的实有的物体。因此才会有"杞人忧天"那样的成语。杞国是古代的一个小国，那里的人民总是担心天会塌下来。所以说：天下本无事，杞人自忧之。

有意有义的"老天爷"

上初中以后,读了许多中国的笔记、小说。在这些书里,长期流传着把"天"看成有意志的"天神"的记载。这种想象也不是凭空产生,而是来自更古远的文化典籍。例如在古老的《尚书》中就是把"天"看成"天神"的。如《商书·汤誓》:"有夏多罪,天命殛之。"意思是夏犯有那么多的罪过,老天爷让我来讨伐他。《周书·多方》:"天惟式教我用休,简畀殷命,尹尔多方。"意思是"天"独独教我用最好的措施,隆重地命我代替殷的统治,治理各方诸侯。《诗经·大雅·大明》:"天监在下,有命既集。文王初载,天作之合。"意思是老天爷监视着下面的人世,天命既然成就了文王,文王即位之初,老天爷对他就是"天作之合"。

有意思的是在上古民歌中,老百姓把"天"看成是至高无上的神,却又常因自己的不幸而对他大加诅咒。例如,《诗经·小雅·南山节》:"不吊昊天,乱靡有定,式月斯生,俾民不宁。"意思是不善良不仁慈的天啊,祸乱发生无有定规,月甚一月,使老百姓不得安宁。另一首《唐风·鸨羽》说,"王事靡盬,不能蓺黍稷。父母何食？悠悠苍天，曷其有极？"由于王室派工总也做不完，没有时间务农，老百姓抱怨说："种不上庄稼，父母吃什么啊？老天啊！老天啊！这种日子什么时候才有个完？"他们会在诗歌中呼吁老天："知我者，谓我心忧；不知我者，谓我何求。悠悠苍天，此何人哉？"(《王风·黍离》)也会在诗歌中埋怨："骄人好好，劳人草草。苍天苍天，视彼骄人，矜此劳人。"(《小雅·巷伯》)希望老天不要只关注那些得意之人，也要哀怜那些辛劳之人啊！总之，老百姓都是把"天"看成有感情、有意志的，是可以诉求也可以诅咒的对象。

我自己幼年时也曾相信老天爷的存在，尤其是在夜晚看天的时候。那浩渺的银河总让我想起老天爷的不公。传说中，美丽的七仙女向往人间自由美好的生活，私自来到尘寰和一个年轻农民结婚，生了一儿一女，过着幸福的生活。老天爷知道后，认为七仙女触犯了他的"天条"，把她捉回了天庭。七仙女的丈夫用一对箩筐挑着他们的一对儿女追到天上，狠心的老天爷却在天上划出一道银河，把七仙女和她的家人分隔在银河两边，罚他们永远不能相见。天上的喜鹊非常同情七仙女的遭遇，每到七月初七这一天，喜鹊们就相约叼来各种美丽的草叶和鲜花，搭成一座鹊桥，让他们能有一夜的欢聚。第二天太阳一出，花草凋谢，鹊桥坍塌，他们就得各回原位！我常凝望星空，寻找银河两岸的牛郎星和织女星。天气晴朗时，这两颗星都很明亮。牛郎星的两边，还能看见两颗等距离的小星星，那就是牛郎和七仙女的一对儿女。可惜无情的老天爷使他们只能遥遥相望，每年只有一天能聚在一起！

其实，早在殷商时代（公元前 14—前 11 世纪）刻在龟甲兽骨上的文字中，已有"天"可降灾害的记载。（按：卜辞中往往是说"帝"或"上帝"降灾害。而在《尚书》中有"皇天上帝"语，可见"皇天"就是"上帝"。）又卜辞中还有"帝"（上帝）降风、降雨等以及"帝"有"五臣"的说法。据甲骨文专家陈梦家说："殷人的上帝（帝），是掌管自然天象的主宰，有一个以日、月、风、雨、雷、电等为其臣工使者的帝廷。"可见在我国上古时已经有把"自然界"和"社会"等许多方面都看成是由"天"（帝、天帝、上帝）所支配的说法了。陈梦家认为："殷人的上帝是自然的主宰，尚未赋予人格化的属性。"到了周朝，"天"与"天象"则已是人格化的神灵了。后来，人们把"天"以及种种"天象"看成是有序的、有等级的神灵系统，这应该说是由道教或者其他一些民间宗教完成的。我最近看到一本由钟国发、龙飞俊著的《恍兮惚兮——中国道教文化象征》（成都，四川人民出版社，2007）第一章"各色神仙：道的人格化象征"很有意思。我对这本书特别感兴趣的是其中许多神灵都是自然现象的人格化，同时又掌管着人间的各种大事。例如，书中说："雷部的职责，有两大方面。一是气象主宰，一是代天行罚。"在民间传说中的所谓"雷公""电母"等都与道教或民间宗教的神灵系统有关。

　　这样看来，是否可以说中国古来就认为"天"有二重意思：一是自然之天（包括对自然之天的种种想象），一是有意志的神灵之天呢？当然，它们是二而一，一而二的，而且神灵之天也带有赏善罚恶的道德意义。例如把玉皇大帝看成最高的天神，而他有许多臣下，如雷公、电母、风神、水神等都为他服务，参加到各种惩恶扬善的活动之中。

　　我不知道，小时候我为什么总喜欢看"天"，也许是我很想知道，这苍苍的天里，是否真的有个"老天爷"？也许是我希望有一天能看到这个"老天爷"吧！这就是说，从我很小的时候开始，在我的思想里就有两个联系在一起的"天"，一个是我们看得见的苍苍"天空"的"天"；另一个是能赏善罚恶的、有意志的"老天爷"的"天"。

念天地之悠悠

　　当我渐渐长大，大概到上初中的时候，由于抗日战争，我家从北平迁往昆明。由于中学老师的影响，我开始喜欢读中国的古诗词。我国的古诗词中描写"天"是很多的，我对这些诗颇爱读。特别是初中快毕业，由于和军事教官（当时抗日战争，中学生都要受"军训"）的冲突，我和几个好友离家出走，后来离开昆明，转入了重庆南开中学。我当时心境很惶惑，不知道人生究竟有什么意义。我开始浏览中国的诗词。记得印象最深，真正感到灵魂震撼的，是陈子昂的《登幽州台歌》："前不见古人，后不见来者。念天地之悠悠，独怆然而涕下。"我虽然自幼喜欢看天，知道许多关于天的传说和故事，但我从来没有把"天"和自己的生命联系起来，也从来没有把天所代表的空间和时间联系起来。陈子昂的诗使我猛然惊醒。人是多么渺小，多么孤独啊！我们见不到过去的人和事，也不知道未来将是何等模样，而天地是永恒不灭的，多少年人世沧桑之后，天地仍然依旧。这首诗给我带来了许多莫名的悲哀。记得那时我曾写了一首散文诗，名《月亮的颂歌》。其中一段说："向前的，渐行渐远，看不见了。向后的，渐行渐远，终于超越了我的视线。停留的，发出一道奇光，突然灭了。于是，我有了'生命，而一声长啸，在有月亮的夜里慢慢地消失了。"这大概就是我第一次被"自然之永恒和人生之短暂"的感喟所震骇时，第一次深入内心的感受。后来我一直很喜欢同类主题的诗歌，如张若虚的《春江花月夜》："江天一色无纤尘，皎皎空中孤月轮。江畔何人初见月，江月何年初照人。人生代代无穷已，江月年年望相似。不知江月待何人，但见长江送流水。白云一片去悠悠，青枫浦上不胜愁。"是啊！这一样的江天，一样的明月，是什么人最先见到的呢？这江、这月又是什么时候开始照亮了人间？每次看到天，看到天上的月，这些无法解答的问题都会深深埋藏在我心里，这也许是后来我终身爱上哲学的一个最早的原因罢。

在写景的诗歌中，我也最喜欢关于天的描写。因为这种描写总是给人以无限辽阔的时空感觉，无垠而悠远。如李白写的："孤帆远影碧空尽，唯见长江天际流。"目送孤帆远影在远处消失，唯有浩瀚的长江在无垠的天边奔流！还有"落霞与孤鹜齐飞，秋水共长天一色"，多美啊！绚丽的晚霞与孤独的白色水鸟在水面上逐渐远去，而江上明澈的秋水和湛蓝的天空正慢慢地融为一色。中国的诗又总是很少单独写景，而往往是情景相触，融为一体。因此写天的诗总是给人一种辽阔悠远而又穿透内心、激发情思的美感。如李白的"君不见，黄河之水天上来，奔流到海不复回。君不见，高堂明镜悲白发，朝如青丝暮成雪。人生得意须尽欢，莫使金樽空对月"。这"黄河之水"奔腾而来，转瞬即逝，永不复回。人生也如是，生命有如奔腾的逝水，永不重复，永不停留。看到这样的景色和诗，总不能不想想自己短暂的一生如何度过是好？

苏东坡也是我最喜爱的诗人。他那首"明月几时有，把酒问青天。不知天上宫阙，今夕是何年？""起舞弄清影，何似在人间？"总是把我和我最爱看的"天"紧紧相连。我多少次凝望着那深邃的蓝天，探问着、幻想着在天上可能发生的一切。"天"是多么深不可测，而又难于捉摸啊！那遥远的空间又是如何与时间相接？天上人间都是如此变幻莫测！既然永恒的"天"和它所承载的明月都无法避免"阴晴圆缺"的命运，那么渺小人世的"悲欢离合"又何足挂齿呢？苏东坡的诗常常使我"悲从中来，不可断绝"，幸而还有最后的两句："但愿人长久，千里共婵娟。"往往是想念着亲人，想念着人间的爱，那种"天"所带给我的虚无，才逐渐得到缓解。

还有很多我喜爱的诗也都是和情感的抒发分不开的。例如《西厢记》里写离别的诗："碧云天，黄花地，西风紧，北雁南飞，晓来谁染霜林醉？总是离人泪。"天、地、南归的雁、冷冽结霜的红叶、漂泊天涯的游子，无一不在天的笼罩下，渲染着人的悲伤情怀。李白《秋思》所描绘的深秋天气和悲凉心情："天秋木叶下，月冷莎鸡悲。坐愁群芳歇，白露凋华滋。""季秋天地间，万物生意足。我忧长于生，安得及草木。"第一个"秋"写木叶萧萧下的深秋时令，第二个"秋"写天地间的寥廓空间，都传达了诗人的忧伤。

"天体"为何？

　　1943年秋，我进入重庆南开中学高一，在那里认识了一些新的同学，有些多年来一直保持着联系，其中之一就是现任于首都师范大学历史系的宁可教授。宁可不仅是我国当代著名的经济史专家，而且他多才多艺，也是敦煌吐鲁番学方面的专家。在南开时，他对中国天文学有着浓厚的兴趣，有着这方面的丰富知识。记得当时他对天上的"二十八宿"很有研究。"宿"就是星座，二十八宿是指天上不同的星座。受他的影响，我对中国古代人如何认识"天体"也很想了解。但由于南开中学功课很重，只是到1945年，我回到昆明才有时间看了些这方面的书。不过，我越看越理不清，只知道中国古代天文有三派："盖天说""浑天说""宣夜说"。这三派中国古代的"天体理论"，用今天科学的眼光看，不一定科学，但它们是在我国汉代形成的"宇宙理论"，应该受到重视。特别是，这种"理论"也表现了中国人对"天"的一种认识。

　　"盖天说"大概起源于殷周时期。这种学说开始时认为天是半圆形的，有如张开的伞；地是正方形的，有如棋盘。后来又认为，天，像弧形的斗笠，地，像倒扣着的、略带弧形的盘子。"盖天说"的要点是：天和地均为拱形，天在上，地在下，天比地高出八万里，日月星辰都附在天上，绕北天极运转。太阳的出没与其离人的远近有关，离人远时，人的目力不及，表现为日没；近时，为人所见，为日出。太阳位置的四季变化，则是由于太阳运行的轨道四季不同造成。

"浑天说"主张天地的形状和结构均似鸟卵。天形浑圆如弹丸一般，地形犹如卵黄。天大而地小，天包着地，像卵壳包着卵黄。天和地都凭着水和气的依托而不致坠陷。天有南北两极，极轴与地平交成一定的角度，天每日绕极轴旋转一周，有一半呈现在地上，另一半隐没于地下，日月星辰亦随天而转。这种天体说起源于春秋战国时期，成熟于东汉，其代表作为张衡的《浑天仪注》。到宋代，朱熹等人以为地依气的作用悬浮于空中，使"浑天说"得到进一步完善。朱熹认为，天是急速旋转的"气"，其急速旋转本身就是天不坠的原因。至于"地"，则是"气"之渣滓，天包地外，地在气中，所以"地"能浮于空中而不坠。朱熹的这些解释应该说使中国古代天文学有了较大的发展。

"宣夜说"主张天没有一定的形状，也不是物质造成的，其高远是没有止境的。人眼所见的天，好像有浑圆的形状和苍蓝的颜色，这只是视觉上的错觉。日月星辰自然地飘浮在空中，并不是附着在什么固定的天穹上，它们在气的作用下，或动或止，各具特性。"宣夜说"描绘出了一幅日月众星在物质的无限空间运动的壮阔图景。这种学说的起源可追溯到春秋战国时期，东汉的郗萌（公元1世纪）是它最主要的代表人物。[1]

上述中国古代天文学三家对"天"的看法或有不同，但我认为都与中国古代"气"的学说有关。在中国古代，往往用"气"来说明"天"，例如《列子》中说："天，积气之成者也。"王充《论衡》说："儒者曰：天，气也。"因此，我们需要对中国"气"的学说做一点介绍。《管子·内业》中说："精也者，气之精者也"；"凡物之精，此则为生，下生五谷，上为列星；流于天地之间，谓之鬼神；藏于胸中，谓之圣人。是故此气，杲乎如登于天，杳乎如入乎渊，淖乎如在海，卒乎如下于屺。故此气也，不可止以力，而可安以德；不可呼以声，而可迎以意。"这是说，气是很精细的。万物是由精气结合而成的，从地上的五谷，到天上的星辰，无不如此。它（气）流行于天之间，便是鬼神，藏于圣人胸中，便是圣人气象，也就是圣人的精神面貌。这个"气"，照耀在天空，隐没于深渊，柔弱如海水，刚强如高山。这个"气"不可以用力量来阻止它，但可以用道德来使它安稳；不可以用言语来命令它，但可以用意念来引导它。从这段话，可以看出，在中国古代有这样一种思想，认为天地万物都是由"气"构成的，甚至"气"也可以表现为一种"精神现象"，如孟子的"浩然之气"，文天祥所说的"正气"，等等。《庄子·知

1　参见《中华文化大辞典》，220页，广州，广东人民出版社，1989。

北游》中说:"人之生也,气之聚也,聚之则生,散之而死。……故曰通天下一气耳。"人的生命现象是由"气"的聚散所表现。天下所有的事物成毁都是"气"的表现。《庄子·至乐》又说:"杂乎芒芴之间变而有气,气变有形。"在变化莫测的宇宙有无形的"气"充斥其中,有形的东西是由无形的气变化而成的。而后,《淮南子·天文训》说:"元气有涯垠,清阳者,薄靡而为天;重浊者,凝滞而为地。""元气"原来为阴阳未分之无形之"气",一旦有了阴阳的分别,那么清轻的阳气就成为"天",重浊的阴气就成为地。"积阳为天,积阴为地。"从这里可以看出,"气"("阴气""阳气")和"天""地"的形成有着密切的关系。因此,中国古代的天文学三家:"盖天""浑天""宣夜"的学说建立的基础都和"气"的学说分不开。

中国古代本来就存在着天地万物是由"气"而成还是由"水"而成的不同学说。张衡在《浑天仪注》中认为"地"是浮在水上的,"天"上有水,"天"下也有水,因此"天"和"地"一样也是浮在水上,这是为解决"天"为什么不坠的重要物理因素之一。《管子·水地》:"水者何也?万物之本原也,诸生之宗室也。"《郭店楚简》中有《太一生水》一篇中说:"太一生水,水反辅太一,是以成天;天反辅太一,是以成地。……天地者,太一之所生。是故太一藏于水。"关于"太一",在历史上有多种理解,可以解释为"道",也可解为"元气"。天地由太一所生,但是要由水来辅助才可实现,所以"太一"是寓于水中。这样一种宇宙发生的形式与《老子》的"道生一,一生二,二生三……"有相似处,但其特点是"太一"最初产生的是"水",而"天地万物"虽由"太一"产生,但是在"水"反回来辅助它时,才可以产生天地万物。就这一点看,可以说"水"对产生天地万物有重要的作用。我们这里对中国古代天文学三家的一些分析,主要是想说明中国古代的"天"和中国古代的"气"和"水"的演变有着密切的关系,这也许是中国"天体"学说的一个重要特点吧!

天人之际

　　1947年，我进入北京大学，学习和研究中国传统哲学，至今已经六十多年了，特别是20世纪80年代初，希望把中国哲学的一些哲学概念的含义弄清楚，但如何从哲学上定义中国传统哲学中的"天"，给"天"以哲学的诠释，确是不大容易的事。因为中国哲学中的"天"，既不相当于西方的（英语的）"sky"或"heaven"，也不相当于"nature"，更和"god"不相同，然而它又可以相当于sky、heaven、nature，甚至god。我们打开任何一部《中国哲学史》，从中就可以看到自古以来的中国哲学家对"天"都有不同的说法，而且往往是相互对立的。因此，在讲"中国哲学史"这门课时，我们如果能对每个不同的哲学家关于"天"的说法做个清楚、明白的介绍就很不错了。这就是所谓的"照着讲"，只对中国哲学史中不同的哲学家关于"天"的不同的和相同的说法加以解说而已。但是，如果我们能从自古以来的众多哲学家关于"天"的概念中，分析并概括出中国哲学中关于"天"的最有价值的意义，这就不是"照着讲"可以做到的，而必须"接着讲"，即接着古人来讲"天"这一概念的意义，以使"天"这个概念更加清楚、明白，而具有更加普遍性的含义。如果我们"接着讲"什么是中国哲学中的"天"，那首先得对古往今来中国哲学家对"天"这一概念所赋予的含义有所了解。

中国传统哲学主要是讨论什么问题，这当然是仁者见仁，智者见智，很难取得一致的看法，我想也没有必要取得一致的看法。如果要对中国哲学中的"天"做哲学的思考，却就需要说清楚"天"这个概念在中国哲学中为什么那么重要。

中国传统哲学中讨论的主要问题，我认为是"天人关系"问题。这个问题在《论语》中已经提出来了，"子贡曰：夫子之文章，可得而闻也；夫子之言性与天道，不可得而闻也"。子贡这样提出问题就说明"性与天道"在当时是一重要问题，因"性"是"人性"的问题，"天道"是"天"的问题，所以"性与天道"的问题就是"天人关系"问题。从中国历史上看，许多重要学者都把"天人关系"视为最重要的问题。所以说在中国哲学中，"天"和"人"可以说是两个最基本、最重要的概念，"天人关系"问题则是历史上我国哲学讨论的最普遍、最重要的问题。司马迁说他的《史记》是一部"究天人之际"的书；董仲舒答汉武帝策问时说，他讲的是"天人相与之际"的学问；扬雄说："圣人……和同天人之际，使之无间。"魏晋玄学的创始者之一何晏说另外一位创始者王弼是"始可与言天人之际"的哲学家。唐朝的刘禹锡批评柳宗元的《天说》"非所以尽天人之际"，也就是没有弄清楚"天"与"人"的关系。宋朝的思想家邵雍说得很明白："学不际天人，不足以谓之学。"做学问如果没有讨论天人的关系，就不能叫做学问。可见，自古以来中国的学者都把天和人的关系作为最重要的研究课题。

在中国传统哲学中，对"天人关系"问题有种种不同的理论，但最重要的可以说有两种："天人二分"与"天人合一"。前者，例如荀子提出"明天人之分"，他把"天"看成是和人相对立的外在的自然界，因此他认为"天"和"人"的关系是：一方面"天"有"天"的规律，不因"人"而有所改变，"天行有常，不为尧存，为不桀亡"；另一方面"人"可以利用"天"的规律，"制天命而用之"，使之为"人"所用。荀子批评庄子说，庄子"蔽于天而不知人"，是说庄子只知道"天"的功能（顺自然），而不知道"人"对"天"的意义。刘禹锡提出"天人交相胜"的思想，他认为"天"和"人"各有各胜出的方面，等等。这些学说，在中国历史上都有一定影响，但唯有"天人合一"学说影响最大，它不仅是一根本性的哲学命题，而且构成了中国哲学的一种独特的世界观和思维模式。

在中国哲学史上，讲"天人合一"的哲学家很多，如果我们作点具体分析，也许可以看到他们中间也颇有不同。根据现在我们能见到的资料，也许《郭店楚简·语丛一》"《易》，所以会天道、人道也"，是最早最明确地对"天人合一"思想的表述。它的意思是说，《易》这部书是讲会通天道（天）和人道（人）的关系的书。《郭店楚简》大概是公元前300年的书，这就是说在公元前 300 年，人们就已经把《易》看成是一部讲"天人合一"的书了。为什么说《易》是一部会通"天道"和"人道"的书？这是因为《易经》本来是一部卜筮的书，它是人们用来占卜、问吉凶祸福的。而向谁问？就是向"天"问。"人"向"天"问吉凶祸福，"天"通过占卜，回答人的询问。所以说《易经》是一部"会天道、人道"的书。《易经》作占卜用，在《左传》中有很多记载，如昭公七年"孔成子以《周易》筮之"，筮，就是占卜，等等均可为证。

《易传》特别是《系辞》对《易经》所包含的"会天道、人道"的思想作了哲学上的发挥，阐明了"天道"和"人道"会通之理。《易经》由《系辞》所阐发的"易理"就是要说明"天"和"人"存在着一种"相即不离"的内在关系，不能研究"天道"而不涉及"人道"，也不能研究"人道"而不涉及"天道"。它作为一种世界观和思维模式，有着极其有意义的正面价值。为了把"天人关系"问题弄清，首先应该对"天"这个概念在中国历史上的含义有个全面的了解；对"人"这个概念，要分析清楚也不容易，因为这涉及"人性"的问题，但后者不是我们这里要着重讨论的。

天有三意

在中国历史上，"天"有多种含义，归纳起来至少有三种：（1）主宰之天（有人格神义）；（2）自然之天（有自然界义）；（3）义理之天（有超越性义、道德义）。在远古的春秋战国之前的文献中，上述三种"天"的含义可以说已经都有了。"主宰之天"（如皇天上帝）和西周的"天命"信仰有密切联系，如《大盂鼎》："丕显文王，受天有大命。"光辉的文王，被天授与统治天下的命令。《周书·召诰》："皇天上帝，改厥元子兹大国殷之命。"皇天上帝，更换了他的长子大国殷统治四方的命令。"皇天上帝"或"皇天""上帝"都是指的最高神，在这里"天"是主宰意义的"天"，含有人格神的意思，对人间具有绝对的权力。在《诗经》中，"天"也有主宰的意义，如："浩浩昊天，不骏其德，降丧饥馑，斩伐四国。"（《小雅·雨无止》）浩大的天呀，不施它的恩惠，而降下死亡饥馑的灾祸，杀伐四方国家的人民！

这里的"天"除有"主宰之天"的意义，也有高高在上的"自然之天"的意思，表现为自然灾祸。这种说法早在殷墟卜辞中已有，如"帝其降堇"（《卜辞通纂》363）、"上帝降堇"（胡厚宣:《甲骨续存》1.168），董就是"灾难"，"帝"也就是"皇天""上帝"。卜辞中还有"帝"（上帝）降风、降雨等的记载。看来在殷周时代，"天"既有"主宰之天"，又有高高在上"自然之天"的意思。同时，我们还可以说当时的"天"还有道德的意义，"天"以其赏善罚恶而表现着一定的道德意义。如《尚书·召诰》中说："惟王其疾敬德，王其德之用，祈天永命。"帝王只有很好地崇尚德政，以道德行事，才能得到天的保佑。这就是说，在春秋战国前"天"的含义还是很含混的，有着多重的意义。

春秋战国以降，"天"的上述三种不同含义在不同思想家的学说中才渐渐使其内涵明确起来。在《论语》中记载着有关"天"的条目不多，孔子说到的"天"也有不同的含义。有的话有"自然之天"的意思，如"天何言哉！四时行焉，百物生焉，天何言哉！"从孔子话的口气看，他认为四时的运行，百物的生长都是自然而然的，对这些自然现象"天"并没有说什么，一切都会自然运行。但在更多的地方，孔子把"天"看成是神圣的超越力量，这可以说是对西周"天命"观的一种继承。如："大哉！尧之为君也，巍巍乎，唯天为大，唯尧则之。"（《泰伯》）这表现了孔子对"天"的神圣超越力量的赞美与崇敬。孔子还说过"天生德于予"（《述而》）；"天之丧斯文也"（《子罕》）；颜渊死，孔子说："天丧予"；孔子见南子，子路不悦，孔子发誓说："予所否者，天厌之，天厌之！"等等，都是把"天"看成神圣的超越力量，这些地方"天"都有惩恶扬善的"意志之天"的意思，而这"意志之天"已含有道德的意义。

孟子对"天"的认识，大体和孔子一样，认为"天"是神圣的超越力量，如说："顺天者昌，逆天则亡。"（《孟子·离娄上》）但"天"或更具有道德意义，如他说："夫仁，天之尊爵也，人之安宅也。"（《孟子·公孙丑上》）意思是，"仁"既是"天"的最尊贵的品质，又是"人"的最安稳的处所，这就把"天"和"人"都统一在"仁"上了。又如引《泰誓》："天视自我民视，天听自我民听。"（《孟子·万章上》）则"天"更具有道德意义了。但在《孟子》中，有的"天"也可以理解为"自然之天"，如"天油然作云，沛然下雨"，这里的"天"应可作"自然"解。

墨子的"天志"思想，更多"意志之天"的意思。如其说："天之行广而无私，其施厚而不德，其明久而不衰。"（《墨子·法仪》）这就是说，天具有最高的智慧，最大的能力，"赏善而罚暴"，没有偏私。在《墨子·天志》中还明确地讲，"天"有"意志"，"吾所以知天之爱民之厚者有矣"，"天之意不欲大国之攻小国"，如果违背了"天"的意志，就要"得天之罚"，叫作"天贼"。由此可见，墨子的"天"基本上是继承着传统的"主宰之天"。

其后到汉朝有董仲舒，他所讲的"天"，一方面继承着传统的"主宰之天"的意义；另外一方面又把春秋战国以来的"自然之天"神秘化，使之与"主宰之天"相结合。他提出的"天人感应"论可以说是"天人合一"的一种形式，受着当时流行的机械感应论的影响，这种说法与《周易》传统的有机论或有所不同。例如他以气候的变化来说明"天"的意志，如他说："春气暖者，天之所以爱而生之；秋气清者，天之所以严而成之；夏气温者，天之所以乐而养之；冬气寒者，天之所以哀而藏之。"（《春秋繁露·王道三通》）即认为四季变化都是天的有意识的行为。如果说战国时的一些思想家，如荀子等把四时变化、日月递炤、列星随旋、阴阳大化、风雨博施、万物生长都看成是"天"的自然表现，那么，董仲舒则认为上列诸现象不是"天"的自然表现，而是"天"的意志的表现，是"天"的仁爱之心的表现，"天，仁也。天复万物，既化而生之，又养而成之；事功无已，终而复始"（同上）。基于这样一种对"天"的认识，董仲舒的"天人合一"学说，主要论述的是"天人感应"问题。

自战国以来，机械感应已相当流行。在董仲舒看来，"天"与"人"之所以有感应，是因为"天"与"人"是一类，"以类合之，天人一也"。他认为："为生不能为人，为人者天也。人之为人，本于天，天亦人之曾祖父也。此人之所以乃上类天也。"（《春秋繁露·为人者天》）也就是说，使人成为人的是"天"，"天"和"人"是同类。因此我们可以说董仲舒的"天人合一"思想是一种"天人机械感应"的"天人合一论"。这种"合一论"与《周易》开创的直至宋人所发挥的"天人相即"的"天人合一论"显然颇不相同。

到了宋代，朱熹主张"天即理"。他所说的"天"，主要是指"义理之天"，也就是"天"之所以成其为"天"必是天地万物得以存在的道理，如他说："未有天地之先，毕竟只是个理。有此理，便有此天地。无此理，便亦无天地。"（《朱子语类》卷一）但这里可能出现矛盾：如果承认圣人说的"天视自我民视，天听自我民听"，"天"只是"理"，抽象的"理"如何能"视"，能"听"呢？因此，不能不承认"天"的神圣性，在解释经典时，不能不顾及原有的"主宰之天"的意思。当他的学生问他："天视自我民视，天听自我民听，天便是理否？"朱熹回答说："若全做理，又如何说自我民视听，这里有些主宰意思。"（《朱子语类》卷七九）同时，朱熹也认为"苍苍之谓天，运转周流不已"。这显然是指"自然之天"。所以他说："天固是理，然苍苍者亦是天，在上而有主宰者亦是天。""虽说不同，又却只是一个。知其同，不妨其为异。知其异，不害其为同。"（《朱子语类》卷一）这就是说，对"天"可以由不同方面说，可以是"义理之天"，也可以是"自然之天"，亦可以是"主宰之天"，但都是指同一个"天"。朱熹的"天"，具有某种神圣性，故有"主宰义"，又为高高在上之苍苍者，故有"自然义"。当然朱熹更重要的是把"天"看成"义理之天"，如他说："合天地万物而言，只是一个理。"（同上）所以当他的学生问"经传"中"天"字的意思，朱熹回答说："要人自看得分晓，也有说苍苍者，也有人说主宰者，也有人单训理时。"

如果说，在西方，一般认为"上帝"和"自然界"为二（斯宾诺莎的"God is nature"又当别论），中国的"天"则往往是合"主宰"与"自然（界）"为一，而更赋予"天"以"理性"，所以朱熹说："天之所以为天者，理而已。天非有此道理，不能为天，故苍苍者即此道理之天，故曰：其体即谓之天，其主宰即谓之帝。""天下只有一个正当道理，循理而行，便是天。"（《朱子语类》卷二五）看来，到宋代，"天"作为"义理之天"的方面更加被重视。在我看来，正是由于在中国历史上"天"这个概念有着上述的多重含义，这就使"天"不只是指外在于人的自然界，而是一有机的、连续性的（有生命的）、生生不息的能动的、与"人"息息相关的存在（"天行健，君子以自强不息"）。中国哲学中的"天"也可以说就是苍苍在上的"天"，不过这个"天"不是死寂的，而是活泼泼有生命的，它和"人"息息相关（"天听自我民听，天视自我民视"），它不是杂乱的，而是有道理的。基于此，"天"这一概念在中国是指与"人"有着内在联系的生生不息的、有道理的有机体。如此了解，或者可以说中国哲学"天"的概念是可以把"主宰之天""自然之天"和"义理之天"统一起来理解。当然，这种对"天"理解只是我对儒家的"天"的理解。

为自己找个安身立命处

我认为现代新儒家或者自己提出了过高的要求，认为"儒家思想"可以"救世""救人"而"以天下为己任"。当然，如果用儒家思想能做到"救世""救人"是再好不过，可是今日之世界，今日之人心是否可以用儒家思想拯救呢？这点颇可怀疑。但是，儒家思想是否已无用处？我想不是的，它仍有很大用处。它的用处在于儒者可以用以"自救"，为自己找个安身立命处。

朱熹在其《答张敬夫书》中与敬夫讨论"中和义"时说："而今而后，乃知浩浩大化之中，一家自有一个安宅，正是自家安身立命，主宰知觉处。所以立大本行达道之枢要，所谓体用一源，显微无间者，乃在于此。"在《中庸或问》第一章中说："但能致中和于一身，则天下虽乱，而吾身之天地万物，不害而为安泰；其不能者，天下虽治，而吾身之天地万物，不害而为乖错。其间一家一国，莫不皆然。"我有一个想法，不知是否有些道理。如果把上面引朱熹《答张敬夫书》的话分为两截："而今而后，乃知浩浩大化之中，自家自有一个安宅，正是自家安身立命，主宰知觉处。"这在一个儒者或可以做到；但是否一定能

"立大本行达道"，去"救世""救人"，则是另一个问题。当然，历来儒家都有十分强烈的社会责任感、历史使命感，要"以天下为己任"，实现其治国平天下的理想，而且认为"壹是皆以修身为本"。可是，我想来想去都觉得儒家对自己要求太多，为什么要对自己提出那么沉重的使命呢？因此，我觉得在今天，儒者或者只须为自己找个安身立命处就可以了。

但是这样一来，是不是会有人说，如果世道人心不好，你如何能为自己求得一安身立命处呢？这确实是一个问题。不过，如果我们能如朱子所说，"致中和于一身"，天下之治乱，对我来说并不妨碍自己有个安身立命处，这就看自己如何要求自己了。

历来儒家认为，生死、富贵不是能靠自己的力量追求到的，而道德学问是可以靠自己的努力追求到的。现在，我想还可以加上一点，即社会的治乱、兴衰也不是能由儒家的"壹是皆以修身为本"可以左右的。从历史上看，我们那么多大儒都"以天下为己任"，都希望靠他们的道德说教而实现一理想的和谐社会。但是，理想的和谐社会从来没有出现过，这虽然非常遗憾，而它不仅是事实，且必然如此。所以人们才把孔子称为"知其不可而为之"的空想家，把孟子视为"愚论"的幻想家。因此，我想我们是不是应为自己找一更切合实际的目标。近期偶然读到潘尼的《安身论》，觉得有一些道理，现抄录两段，请诸君子看看是否可取：

　　盖崇德莫大乎安身，安身莫尚乎存正，存正莫重乎无私，无私莫深乎寡欲，是以君子安其身而后动，易其心而后语，定其交而后求，笃其志而后行。

　　故寝蓬室，隐陋巷，披短褐，茹藜藿，环堵而居，易衣而出，苟存乎道，非不安也。

　　上引两段，或者有人也认为它仍有"以天下为己任"的影子。我想，也不能说全然没有，但是我们可以不作那样的理解，而只是作"求自家一个安身立命处"来解释。我们只能做力所能及的事，至于"世道""人心"那是很难管的。对"世道""人心"，我们虽然管不了；但是这个"世"，这个"人群"又少不了你，因为从整个现代社会说，作为"士"的儒者是进不了中心的，而很可能越来越"边缘化"。在这种情况下，我们既要做儒者，我想那就只能自己找一安身立命处，做一个有道德有学问的人，就可以了。

　　此短文虽是有感而发，但或为"真言"。

涵养须用敬，进学在致知

"涵养须用敬，进学在致知"，是宋朝理学家程颐说的两句话，后来朱熹在晚年对这两句话做了重要的发挥。前面一句话说的是德性修养问题，后面一句话说的是学问取得问题。道德修养应该是恭恭敬敬，诚心诚意的；而学问应该是日积月累，不断地取得知识。在儒家看来，道德和学问这两方面是分不开的，所以朱熹在《与孙敬甫书》中说："程夫子之言曰：'涵养须用敬，进学在致知。'此两言者，如车之两轮，如鸟之两翼，未有废其一而可行可飞者。"我们知道，儒家学者认为"生死""富贵"不应是人们追求的目标，而道德和学问的提高才是人们应该追求的，孔子说："德之不修，学之不讲，闻义不能徙，不善不能改，是吾忧也。"（《论语·述而》）这里孔子也把道德和学问联系在一起的，他认为不修养道德，不渴求学问，是他最为忧虑的。因此，"为学"与"为道"应是统一的过程。程子说："识道以智为先，入道以敬为本。"对于宇宙人生的道理有深刻的认识是要从"为学"入手，而要达到对宇宙人生有完整的体悟，那就要以诚敬为根本了。这就是说，儒家的"为学"是为了"为道"，即为了实现其理想的人生境界。

人总是应对社会尽他应尽的责任，应有一种使命感。自古以来，中国就有"三不朽"之说："太上有立德，其次有立功，其次有立言。虽久不废，此之谓不朽。"人的生命虽然有限，但其精神可以超越有限以达到永恒而不朽。明朝的儒者罗伦有言："生而必死，圣贤无异于众人也。死而不亡，与天地并久，日月并明，其唯圣贤乎！"这就是说，"为学""为道"的圣贤之所以不同于一般的人，只在于他们生前能在道德学问上为社会有所建树，虽死，其精神可"与天地并久，日月并明"。看来，儒家非常重视个人道德学问的提高，孔子说："人能弘道，非道弘人。"（《论语·卫灵公》）高尚的社会理想和完美的人生境界要靠人的"修德进学"来使它发扬光大，如果人不努力提高道德学问，"道"并不能使人高尚完美。

"涵养须用敬，进学在致知"，说明从中国文化的传统看，"道德"和"学问"是不能分开的，这点应对我们有所启示。"学问"再高，如果不注重道德修养，这样的人也不可能成为社会的榜样。今天我们弘扬中国传统文化，也许在努力"进学"的基础上更应该注意把道德的修养和学问的提高统一起来，这样才可以无愧于天地之间。

辑五

"真人"废名

　　道家、道教书中都有所谓的"真人"，我这里说的"真人"和道家、道教书中讲的"真人"不相干。道家、道教书中的"真人"都是虚构的、有神秘主义色彩的"假人"，而废名这位"真人"是"真诚的人"，是有"真性情的人"，一个在生活中已逝去的真实的人。

　　废名是我的老师，我直呼其名，在中国传统上说，似乎有点不敬，我应该称他"冯文炳老师"，可是想来想去，我还是只能用"废名"来称呼我的这位老师，因为"废名"多么能表现我这位老师是一位"真诚的人"，是一位有"真性情的人"呀！

　　废名教我们大一国文，上第一堂课讲鲁迅的《狂人日记》，一开头他就说："对《狂人日记》的理解，我比鲁迅先生自己了解得更深刻。"我们这些新入大学的学生，一时愕然。我当时想："是不是废名先生自己变成了'狂人'？"废名的这句话，我一直记着，后来渐渐有所悟，有时作家写的人物的内涵，会被高明的解读者深化。我想，一定有不少研究鲁迅《狂人日记》的学者、作家认为自己对这篇短篇小说了解得如何如何深刻，甚至比鲁迅自己更深刻，但他们大概不会在课堂上直截了当地说："我比鲁迅先生自己了解得更深刻。"只有废名会这样，因为他是"真人"，一个有"真性情的人"。

有一次，废名讲写作要炼句，他举出他的小说《桥》中的一段描写炎热的夏日，两个女孩在烈日下走了很长的路，忽然"走近柳荫，仿佛再也不能往前一步。而且，四海八荒同一云！世上难有凉意了。——当然，大树不过一把伞，画影为地，日头争不入"。他说："你们看，这'日头争不入'，真是神来之笔，真是'世上难有凉意了'。写文章就要能写出这样的句子才叫大手笔。"当时，我也觉得"日头争不入"写得真妙。多少年来，我一直没有忘记废名当时说这段话时的神态，他那么得意，那么自信，那么喜悦，这就是废名，一位天下难得的"真性情人"。

1947 年北京大学的大一国文课，是每月要求每个学生写一篇作文，交给老师，由老师批改，在批改后要在课堂上发回给每位同学，并且要讲评，自然废名是批改我们这一班的作文。有次发文，在发了几个人的文章并说了他的评语之后，当他发到我的文章时，他说：你的文章像下雨的雨点，东一点西一点乱七八糟。我一时很窘。当他发给一位女同学的文章时说：你的文章写得很好，真像我的文章。当时我很羡慕。下课后，我看看废名在我文章上写的批语：有个别句子不错，整篇没有章法，东一点西一点。我自己看看也真是这样。特别是，废名说"好文章"就像他的文章一样，这大概也只有"真性情"的人才会在课堂上众多同学面前说吧！

　　我很喜欢废名的诗，但是在过去的半个世纪里，我再没有机会读他的诗。我只记得，我读过的一首废名的诗《十二月十九日夜》，但是否记得准确，已经没有把握了。近日想起，就请朋友帮我找找这首诗，谢谢这位朋友，他帮我找到了，现抄在下面：

十二月十九日夜（收于废名诗集《水边》）

深夜一枝灯，

若高山流水，

有身外之海。

星之空是鸟林，

是花、是鱼，

是天上的梦，

海是夜的镜子。

思想是一个美人，

是家，

是日，

是月，

是灯，

是炉火，

炉火是墙上的树影。

是冬日的声音。

我记得，在 1947 年我读这首诗，我就喜欢了它。为什么？说不清，是韵律，是哲理，是空灵，是实感，也许都是，也许都不是，总之说不清。可是这首诗也许是我至今唯一依稀记忆的一首现代诗。我有一个感觉，废名是不是想在一首诗中把他喜爱的都一一收入呢？"灯""海""花""梦""镜子""思想""美人""家""日""月""炉火""树影""声音"等等，如何由诗句把这些联系起来，这真要有一种本领，废名的本领就在他的眼睛和耳朵和心灵。你看，他开始用"灯"，结尾用"声音"，中间用"思想是一个美人"联系起来。我有另外一个感觉，这首诗表现废名的思想在自由地跳跃，无拘无束，信手拈来，"情景一合，自成妙语"。这是"真人"的境界，"真性情"的自然流露。我爱这首诗，一直爱到今天。

1949 年后，大概是在 1951 年或 1952 年吧！有一天，我忽然看到一篇刊登在报纸（或杂志）上的废名的文章：《一个中国人读了〈新民主主义论〉后的喜悦》，内容我已记不清了。但当时读这文章的情境，我却有清楚的记忆：当时我为他读《新民主主义论》的"喜悦"而喜悦了，因为我又一次感到废名是一位"真人"，他的文章表现着他的"真性情"。废名的"喜悦"是真情的流露，无丝毫 1949 年后流行的大话、假话、空话，完全无应景义。今天我仔细想想，也许废名真有慧眼，他看到中国如果真的按照"新民主主义"来建设我们的国家，这不仅是他一个中国人的"喜悦"，而且是所有中国人的喜悦了。可是我们一度没有完全按照"新民主主义"来建国，回忆起我当时因废名的"喜悦"而喜悦，而现在却变成了永远的遗憾。如今废名先生于地下，他会怎么想？！

说个故事，作为这篇短文结束吧！在1949年前中国有两个怪人，一个是"天上地下，唯我独尊"的熊十力，一个是莫须有先生的化身废名（冯文炳）。大概在1948年夏日，他们两位都住在原沙滩北大校办松公府的后院，门对门。熊十力写《新唯识论》批评了佛教，而废名信仰佛教，两人常常因此辩论。他们的每次辩论都是声音越辩越高，前院的人员都可以听到，有时甚至动手动脚。这日两人均穿单衣裤，又大辩起来，声音也是越来越大，可忽然万籁俱静，一点声音都没有了，前院人感到奇怪，忙去后院看。一看，原来熊冯二人互相卡住对方的脖子，都发不出声音了。这真是"此时无声胜有声"。我想，只有"真人"、有"真性情"的人才会做出这种有童心的真事来。

悼念周一良先生

照中国文化书院的惯例，我们的导师八十岁、八十五岁、八十八岁（即米寿）和九十岁以上时，总要为他们开一个盛大的祝寿会。今年正好是周一良先生的"米寿"，中国文化书院于9月16日在友谊宾馆的聚福园举办周先生的祝寿宴。周先生患帕金森病已多年，不大能起床，我们原估计他不一定能来参加宴会，先期给他送去了蛋糕和鲜花，表示我们大家对他的衷心祝贺。想不到那天周先生竟坐在轮椅上，由他的女儿和女婿陪同，艰难地前来了，足见他对相处十数年的书院老友的眷念和对书院的情谊之深。

周先生的不期而至，使我们的宴会厅顿时欢腾起来。可惜他刚刚拔牙，什么也不能吃，我们特别让厨师为他做了一些稀饭，由他女儿一口一口喂他。书院各位导师和来宾都前来向周先生祝寿，愿他早日康复。宴会长达两小时，周先生一直等到宴会结束才离去。

9月18日，我离开北京前往美国斯坦福大学，本想临行前再去看看周先生，但诸事丛集，终于未能成行。10月23日，突然接到范达人同志从洛杉矶打来的电话，说一良先生已于当日凌晨与世长辞。第二天，又接到我女儿从新泽西来电，告诉我周先生病逝。这对我来说确实十分意外。记得今年7月我去看周先生时，他还坐在椅子上，一边从电视中看清华校庆盛况，一边吃着炸土豆片，并让我也吃。看来他精神很不错，还神采奕奕地谈起他的写作计划。现在，周先生离开了我们，想起来，我没有在临行前去看他，已成为我一生中难于弥补的一大憾事。

我和周先生的交往并不太多，我作为中国文化书院的院长，往往在每年春节前后会去看看他，只能说是一种礼节性的拜访。但有时也会去向他请教一些学术上的问题，他总是细心地加以指导或者让我去查看什么书。我虽然没有上过周先生的课，但他的著作我是用心读的。他对我所提的问题的指导，我也一向十分重视。因此，就这个意义上说，周先生可以说是我的老师。

在我和周先生的交往中，有几件事对我的影响非常大。第一件事是他写了那本自传性的《毕竟是书生》。这本书他先给我看了初稿，征求我的意见。我曾提到"梁效"那一部分也许会引起不同的议论，他说，"我也只能这样写了。事实上，我没有什么有求于江青，而是江青有求于我呀！"他又说："这段历史是我们这样的书生搞不清的。"后来，《毕竟是书生》出版，虽然有一些好评，但也有一些恶评，他都泰然处之。有一次，又谈到这本书，他说："有些话是我没有说出的。"

第二件事是在一良夫人去世之后，我去看他，表示慰问。

周先生对我说，他已和邓懿一起生活了几十年，相依为命，现在，邓懿先走了，形单影只，心灵的寂寞只好是"如人饮水，冷暖自知"了！我听了，心里也十分惨然。他还告诉我，他正在写他和邓懿一起生活的回忆录。他又说，"这几十年我们能这样地相互支持和了解也是人生中的一大欣慰了"。再一次我去时，他告诉我那本回忆录已经完成，但要再加加工，因此也没有给我看。后来，为要出季羡林先生九十华诞论文集，我请他为论文集写个序，在序中他又一次提到几十年来他和邓懿生活在一起是他一生最大的幸运。周先生无疑是一位难得的、有真情的老学者，在这方面亦可成为后人的楷模罢。在那痛苦的20世纪后半叶的非常时期，得一始终相互理解而相爱的生活旅伴，在人生道路上，也是可遇而不可求的呵。

第三件事是我写了一篇题为《"和而不同"的价值资源》的文章，曾在庆祝北京大学一百周年校庆的学术讨论会上宣读。该文是要说明不同文化之间的交流是文化发展的动力。文章除引用了《左传》中晏婴对齐侯的一段话和《国语·郑语》史伯答桓公的一段话外，还引用了孔子说的"君子和而不同，小人同而不和"。周先生看了这篇文章后对我说："你的那篇文章立意很好，引用《左传》《国语》两段很切题。但孔子的话是否解释得合乎原意，可以再研究，我看多做一点说明更好。"后来我查了各种对孔子"和而不同"的解释，觉得周先生提得很有道理，我应该多做点说明，并且强调这是借用而作的一种新解。就此，我深深体会到周先生做学问之严谨，是我应该好好学习的。

　　说到周一良先生的学问，无论他的同辈或我们这些晚辈都是十分佩服的。读他的书文，甚至札记，都会感到他学问的渊博和严谨。他关于魏晋南北朝的研究几乎可以说每一论断都可成为定论或给人们指出了可以继续研究的方面。我读他的第一篇文章《能仁与仁祠》就被他的精细考证与合理说明所折服，再读他的《读十一史札记》，条条都有启发。无怪乎学界都认为一良先生是研究魏晋南北朝历史的大师，寅恪先生的最有成就的后继者。

　　周一良先生的去世是中国学术界的一大损失，中国文化书院又失去了一位极可尊敬的导师。

　　　　　　　　　　　　　　　　　　2001 年 10 月 24 日

　　　　　　　　　　　　　　　　　　于美国加州

冯友兰先生《新原人》的"四种境界说"

　　冯友兰在他的《新原人》中把人的境界分为四种，即自然境界、功利境界、道德境界和天地境界。我们可以说，人之忧的不同往往和他的境界的不同相关联。冯友兰说："自然境界的特征是：在此境界中底人，其行为是顺才或顺习的。"我看，此境界的人是处于一种顺其本能的状态，所追求的是"食"与"色"，"食色，性也"（《孟子·告子上》）。如果这种原始人得到"食色"的满足，他们就可以"含哺而熙，鼓腹而游"（《庄子·马蹄》）；如果得不到"食色"的满足则不乐而忧。自然境界的人，其行为是顺本能的，是不自觉的，如《庄子·马蹄》中所说："其行填填，其视颠颠。"（他的行为笨拙，心智迟钝。）"功利境界的特征：在此境界中底人，其行为是所谓'为利'，是为他自己的利。"例如：追求金钱、权力，计较个人的得失、利害等等，这是大多数人所追求的，"天下熙熙皆为利来，天下攘攘皆为利往"，"求名于朝，求利于市"，为了追求个人的利益，他可以是"不愿天下人负我，宁可我负天下人"。这种人是有自觉的，他们的行为是有个人某种目的的。这种人如果得不到他们所追求的个人利益而"忧心忡忡"。这也是一种"忧"。上面所说的两种"忧"不是我们要讨论的，我们要讨论的是"道德境界"和"天地境界"中的人的"忧"。

冯友兰说："道德境界的特征是：在此种境界中底人，其行为是'行义'底，义与利是相反相成的。求自己的利底行为，是为利底行为；求社会的利底行为，是行义的行为。"在中国哲学中常有"义利之辨"的问题，孔子说："君子喻于义，小人喻于利。"(《论语·里仁》)孟子说："生亦我所欲也，义亦我所欲也。二者不可得兼，舍生而取义者也。"(《孟子·告子上》)董仲舒对此概括为："正其谊而不谋其利，明其道而不计其功。"谊者，合谊，合乎道义也；道者，合理，合乎原则也。可见儒家追求的是一种道义、原则和理想，而且他们要求把他们的理想实现于现实之中。孔子追求的是"天下有道"的社会，孟子追求的是"得仁政"的社会，所以他们的行为不是为"私利"，而是为"公义"。而且孔子认为他自己是可以为社会理想牺牲生命的人，他说："志士仁人，无求生以害人，有杀身以成仁。"如果他们的社会理想没有实现的可能性，那么他们或者是隐退而不出，"道不行，乘桴浮于海"(《论语·公冶长》)；或者是"知其不可而为之"，尽伦尽职。孔、孟都是理想主义者，他们所追求的理想是不可能实现的。所以他们有"忧"，这是对天下国家的"忧患意识"。"忧患"作为一种心理状态，早见于《诗经》，如："未见君子，忧心忡忡。"(《诗经·召南·草虫》)"知我者谓我心忧，不知我者谓我何求。"（《诗经·王风·黍离》）这里的"忧心"和"心忧"都是一种对天下国家的"忧患意识"。《孟子·告子下》："生于忧患，死于安乐。"《易·系辞下》："作《易》者，其有忧患乎！"其后中国具有儒家思想的知识分子往往都以天下国家为己任，而有"先天下之忧而忧，后天下之乐而乐"的"忧患意识"。这种具有忧患意识的人大都可以说是在道德境界中的人，处于道德境界的人能否从他们的"忧患"中解脱出来呢？

冯友兰说："天地境界的特征是：在此种境界中底人，其行为是'事天'底。在此境界中底人，了解于社会的全之外，还有宇宙之全，人必于知宇宙之全时，始能使其所得于人之所以为人者尽量发挥，始能尽性。"我认为"尽性"两字很重要。人如何才能"尽性"？这不但要超越世俗的一切限制，而且要超越"自我"的一切限制。要超越世俗和"自我"，就是庄子所说的要达到"坐忘"才有可能。"坐忘"正是要"无我"而存"真我"。在《庄子》书中处处流露出他对失去"真我"的忧虑。照庄子看，人之所以失去其"真性"全在于不能"返朴归真"，去追求那些外在于人的东西而失去"自然之性"。《庄子·渔父》中说："真者所以受之于天也，自然不可易也。故圣人法天贵真，不拘于俗，愚者反此。"圣人能效法天然，珍重"真性"。人如果要保持其自然之真性，就必须超越是非、善恶、美丑、生死等等的对立。然而人往往不能超越这些对立而陷入忧虑之中。如《养生主》中说："吾生也有涯，而知也无涯，以有涯随无涯，殆已。

186

已而为知者，殆而已矣。"在《齐物论》中，庄子认为由于立场的不同，因而对是非的看法也就不同，像儒、墨两家争个高下是完全没有必要的。《德充符》中讨论到生死问题，老子批评孔子，说孔子不了解生死是一致的，应该解除孔子被生死观念的束缚。庄子之所以有这样一些看法，正是由于他对宇宙人生所抱有的深刻的忧虑所致。他认为，像世俗人那样把是非、善恶、美丑、生死等等看成是对立的，而这些问题在现实社会中无法解决，只能陷入忧虑之中。只有超越这些对立，自己解除这些世俗观念的束缚，超越"自我"，达到"无我"的境界，才可以获得精神上的自由，而可返朴归真。我们可以从《庄子》书中对"真人"的描述，来看庄子所追求的理想境界。《大宗师》中说："古之真人，不知说生，不知恶死，其出不䜣，其入不距；脩然而往，脩然而来而已矣。不忘其所始，不求其所终；受而喜之，忘而复之，是之谓不以心捐道，不以人助天，是之谓真人。"所谓"真人"就是能自觉地超越对待，顺应自然的人。因此"真人"和不自觉的原始的自然人在形式上相似而在境界上完全不同。真人"不以好恶自伤其身，常用自然而不益生"，这样"无我"而存真正的"自我"；"自我"才不至于异化，精神才能得到真正的自由，从而"忧虑"自除，"至乐"自生，而达到与天同德的天地境界。

1996 年

记胡适给我父亲的一封短信

1947年元旦胡适给我父亲写了一封短笺，现抄录在下面：

锡予兄：

　　沈崇案完全胜诉，被告强奸罪成立。敬闻

　　　　　　　　　　　　　　　　适之丁亥元旦

　　说起这封信的保存，纯属偶然，在文化大革命初，为了怕惹事，我把胡适、傅斯年、陈寅恪、熊十力等等先生给我父亲的信通通烧了。那么这封胡适的信是如何保存下来的呢？正好1947年元旦那天我的同学狄源澹到我家，我在父亲桌上看到了这封信，狄兄会照相，我就请他把这封信照了下来，以后也再没问过这件事。近日看到"胡适研究丛刊"（第三辑）《史语所藏胡适与傅斯年来往函札》等虽有"沈崇案"事，但均未提到上引胡适给汤用彤的信。使我想起了这封信，于是托宁可兄向源澹打听是否还保存着此信之照片。想不到狄兄不但保存了，还托宁可寄给了我影印的照片。

"沈崇事件"对当时北大先修班同学震动很大,我和许多青年学生大多是自此而参加学生运动的,这是抗日战争胜利后,北平大规模地反对"美蒋"的学生运动的开始。我的记忆中,北大先修班五、六两班是合班上课,我在六班,沈崇在五班,但我当时并不知道有个"沈崇"。事件发生后,我们不仅游行,而且在东单广场美军驻地前示威,喊着"美军滚出中国去"等口号。我的同学吴增祺还把美国国歌的歌词改为:"滚出去美国兵,滚出去洋禽兽,中华儿女哪能容你逞强暴"等等,并且教给大家唱。

从胡适的信看,他是爱护自己学生的,对"胜诉"表现出由衷的高兴,这说明他是太相信"法律"了。从世界历史上看,几乎在国际关系中,甚至在国内事务中往往都是"权"大于"法"的。不知什么时候,人们能生活在以合理的"法"的制约下过着合理的、自由自在的生活。我们等待着。